愛と性の政治学

シェイクスピアをジェンダーで読む

朱雀成子

九州大学出版会

はじめに

一九七〇年頃、筆者は二十代の半ばであった。その当時のシェイクスピア研究においては、主人公でもない女性に焦点を当てた研究は、「正統」ではなく「異端」であった。当時、シェイクスピアの描いた女たちに心惹かれていた筆者は、あるシェイクスピア研究会で、『オセロー』のデズデモーナを中心に論じる発表を行なった。すると、これに違和感を覚えたらしい男性研究者が、発表の意図と意義を問いかけてこられた。筆者はそのとき明確な答えを返せないままであったが、女性を男性の「添え物」としてではなく、正面切って論じる必要があると心の奥底では思っていた。デズデモーナに焦点を当てることで、今までとは異なる何か新しい解釈が可能になることを予感していた。筆者はこの時、フェミニズム批評という言葉すら知らなかったのであるが、まさにそれを実践していたことになる。

その後、一九七五年にジュリエット・デュシンベリの『シェイクスピアの女性像』が出版された。この本に出会って、自分の読み方が的外れではないと改めて心強く感じたのだった。しかし残念なことに、筆者はこのとき出産、育児、家事に追われており、仕事を続けるのが精一杯で、十数年間というもの研究などできる状況にはなかった。一九八七年頃に、本書の表題とも重なる、ケイト・ミレットの『性の政治学』(一九七〇)を読む機会に恵まれた。文学にフェミニズム批評を適用したその本は、少々違和感がありながらも刺激的であった。またこれと前後して、遅ればせながらシェイクスピアの初のフェミニズム論集『女の役割』(一九八〇)も読むこととなった。これ以降、筆者はフェミニズム批評を意識してシェイクスピアを研究するようになった。

フェミニズム批評は、この三十年以上にわたってシェイクスピアの読みを広げ、再評価し、より豊かなものにする功績があった。一九八〇年代のもっとも強力な批評であったフェミニズム批評は、九〇年代のポストコロニアル批評やクィア批評(ゲイ・レズビアン批評)を経て、女性のみならず男性も巻き込んだジェンダー批評として発展を遂げていく。

ここで、本書のキーワード、ジェンダーとセクシュアリティ(表題では性としているが、本文ではおもにセクシュアリティという語を使用)について簡単に説明しよう。

ジェンダーとは、文化的、社会的、歴史的につくられた性別のことで、男女の区別をするための言葉である。つまり、ジェンダーは、「男らしさ」と「女らしさ」のことであり、男女の生物学的な性別を表す言葉、セックスとは異なる。セクシュアリティとは、性的欲望や性行動など、性にかかわる現象すべてを意味する言葉で、ジェンダーと同様に文化的、社会的、歴史的に構築されるものである。

本書は、シェイクスピア劇に登場する女と男をジェンダーの視点から読み直したものである。表題を『愛と性の政治学』としたのは、本書が〈愛と性〉にかかわる〈政治〉の問題を探っているからである。ここでいう〈政治〉は、ケイト・ミレットの用語に近い。ミレットは、『性の政治学』のなかで政治の概念を拡大し、あらゆる権力関係、とくに女と男の性的関係に適用した。ミレットによれば、女と男は権力関係の構造に組み込まれており、男女関係はすべての権力関係の基本モデルを提供している。第三章で論じる、ガートルードとハムレット王、またガートルードとクローディアスの関係は、その一例である。ガートルードとふたりの男性の関係は、おのおの支配と従属の権力構造に規定されるという意味において、政治的である。

ミレットの分析の対象はもっぱら男女の性的関係であったが、筆者は、家族の愛にかかわる〈政治〉も論じている。というのも、肉親の関係もまた、支配と従属の権力構造に組み込まれているからである。たとえば第四章(『コリオレイナス』)では母ヴォラムニアの息子への愛を、また第六章(『テンペスト』)においては父プロスペローの娘ミランダへの愛を考察しているが、これらの親たちの子に対する深い愛は実は、〈政治〉と密接に絡んでいる。

愛のみではなく性もまた、〈政治〉によってコントロールされる。たとえば第一章(『アントニーとクレオパトラ』)ではクレオパトラとアントニーを、また第二章(『じゃじゃ馬馴らし』)ではキャタリーナとペトルーチオを、第五章（『冬物語』）ではハーマイオニとレオンティーズを考察し、これらのカップルの愛と性が〈政治〉と無関係ではないことを検証する。

「愛と性の政治学」を考察するにあたり、とくに女たちの描かれ方に注目した。シェイクスピアが活躍していた近代初期イングランドは、女は貞節・寡黙・従順であるべきとする男性中心の父権制社会であり、自己主張の強い女や性的に危険な女は、「娼婦」、「魔女」、「じゃじゃ馬」のレッテルを貼られ、排除された。一方、否定的な女性表象の背後には、「女神」、「天使」、「貞女」などの肯定的な女性表象が存在し、コインの表裏をなしている。

父権制はこの両極の女性表象を提示することで女を教化し、そのセクシュアリティを支配、制御したのである。このように女性表象は、父権制という権力構造によりつくられた極めて政治的なものなのである。本書はシェイクスピアの女たちが背負わされた多様なレッテルを解読することで、劇中の女と男の関係、家族の関係に迫ろうと試みている。

ジェンダーは、女と男の関係を構造的に把握するのに極めて有効であり、その権力構造を明らかにすることで新しい読みを提供してくれる。これは、従来の伝統的な批評が成しえなかったものである。またジェンダーは、女と男にはそれぞれ特有の本質があるとする本質主義を批判し、女と男の固定的役割に関しては脱構築的に働く。本書では、テクストのなかのジェンダー、セクシュアリティ、人種、階級、年齢などの差異に留意し、二項対立を脱構築する読みを心がけた。

以下に、各章の基とした筆者の主要論文をあげておく。

第一章「「ヒーロー」としてのクレオパトラと「ヒロイン」としてのアントニー」——日本英文学会『英文学研究』第七二巻、第一号(一九九六年)。

第二章「ジェンダーで読み解く『じゃじゃ馬ならし』」——『佐賀大学文化教育学部研究論文集』第八集、第一号(二〇〇三年)。

第三章「ハムレットの母と恋人—ジェンダーの視点から」——青山誠子編『ハムレット』ミネルヴァ書房(二〇〇六年)。

第四章「『コリオレイナス』における「母性」、「家族」、「国家」」——梅光女学院大学『英米文学研究』第三五号(一九九九年)。

第五章「ハーマイオニの変貌」——日本英文学会九州支部『九州英文学研究』第六号(一九八九年)。柴田稔彦編『シェイクスピアを読み直す』研究社(二〇〇一年)。

第六章“Miranda's Part”——日本シェイクスピア協会 *Shakespeare Studies*, vol. 28(一九九三年)。

* 本書は、二〇〇四年に九州大学より授与された博士(文学)の学位論文、「シェイクスピアの女性表象」を学生や一般の読者にも読みやすいように書き改めたものである。

* シェイクスピア劇の引用は、G. Blakemore Evans, ed., *The Riverside Shakespeare* (Boston and New York: Houghton Mifflin Company, 1974) に拠る。

目次

愛と性の政治学——シェイクスピアをジェンダーで読む——

第一章

「ヒーロー」クレオパトラと「ヒロイン」アントニー

『アントニーとクレオパトラ』*Antony and Cleopatra*

『アントニーとクレオパトラ』のヒーロー[1]は、一般にアントニーと考えられている。しかし、アントニーがヒーローであるとすると、四幕においてアントニーがヒーローらしからぬ死に方をすることや、五幕におけるヒーローの不在などが問題となる。これに対し、クレオパトラが「ヒーロー」[2]であるとすれば、このような問題は解消される。

『オセロー』では、デズデモーナが悲劇のヒロインとしての死を遂げ、オセローがヒロイックな死を演出するが、『アントニーとクレオパトラ』ではアントニーが四幕においてヒロイン的な死を迎え、クレオパトラが「ヒーロー」として最後の五幕を支配し、ヒロイックな死を演出する。テクストの表層はともかく、『アントニーとクレオパトラ』の深層には、「ヒーロー」としてのクレオパトラ、「ヒロイン」としてのアントニーがあると思われる。

シェイクスピアがクレオパトラを「ヒーロー」として描いたと考える理由は、この作品の創作年、一六〇六—七年頃の時代が関係する。女性の統治者について賛否両論あったエリザベス一世の死後数年を経たこの時に、国の「ヒーロー」として生きたエリザベス女王が、さまざまのレッテルを貼られながらも多くの男や家臣を支配して強大な国を築いた歴史的事実は、格好の材源のひとつである。エリザベス女王と同時代を生きたシェイクスピアが、彼女以上にさまざまなレッテルを貼られるクレオパトラを、「ヒーロー」として作品の中心に据えたと考えるのは決して不自然ではない(3)(4)。

1 クレオパトラの「男性性」とアントニーの「女性性」

クレオパトラとアントニーの両性具有

クレオパトラが「ヒーロー」でアントニーが「ヒロイン」という構図を補強するのは、ふたりの両性具有である。かれらの両性具有は、表面的にはセクシュアリティを曖昧化する異性装のエピソードとしてギリシア神話を下敷きにして表現される。

第一の神話は、リディアの女王オムパレとヘラクレスのものである。ヘラクレスはアントニーの神話的な先祖とされるが、ヘラクレスが愛したオムパレは、彼を奴隷にし棍棒の代りに糸巻棒をもたせ、彼女のマントを着せて三年間女装させる。一方、オムパレは彼のライオンの毛皮を着て男装する。クレオパトラは二幕五場で、アントニーに自分の頭飾りとマントを着けて女装させ、彼女の方はアントニーの名剣フィリパンを腰に下げて男装したことを回想するが、この異性装はオムパレとヘラクレスとの神話を下敷きにしたと考えられる。

第二の神話は、愛の女神ヴィーナスが軍神マーズから男らしさの象徴である鎧と武器を取り上げ、ふたりが愛しあう物語である(図1)。

図1 鎧と武器をすて，愛の女神ヴィーナスと愛しあう軍神マーズ。ヴェロネーゼ(1528–88)画。

宦官マーディアンが語るヴィーナスとマーズの神話(一幕五場)は、クレオパトラとアントニーの関係に置換される。

ふたりの関係をこのような服装という外面からではなく内面的に捉えたものとして、オクテーヴィアス・シーザーの的確な表現がある。彼は、アントニーの「女性性」とクレオパトラの「男性性」(5)を次のように非難する。

シーザー　（彼は）クレオパトラほど
男らしくないし、トレミーの女王は
彼ほど女らしくないのだ。（一幕四場五―七行）

Caes. . . .is not more manlike
Than Cleopatra; nor the queen of Ptolomy
More womanly than he;　(I. iv. 5–7)

男を性的に魅惑する「女性性」溢れる女王クレオパトラは、一方ではエジプトの統治者としての「男性性」も顕著である。アントニーは、ローマの武将としての「男性性」を保持しながらも、「女性性」を多く見せる。[6] クレオパトラの「男性性」とアントニーの「女性性」は、劇中のローマ人、さらには観客、読者などがもっているステレオタイプな性幻想を裏切る。『アントニーとクレオパトラ』では、文学のなかで長く構築されてきた女と男の性の領域が侵犯されている。

クレオパトラとアントニーの間では、文化的、社会的な性差であるジェンダーは流動し、「客体」

と「主体」の転倒を招く。クレオパトラは、いろいろの場面でアントニーを脱中心化し、彼を劣位に置く。女対男の二項対立に区分されがちのジェンダーが、ふたりの類まれな人物によって、両性具有として表象される。

ふたりの関係は、女／男、劣／優、受動／能動、エジプト／ローマ、オリエント／ヨーロッパ、被支配／支配、ダーク／ホワイト[7]の二項対立を切り崩す。愛の限界を問うクレオパトラに対して、「新しい天、新しい地」（一幕一場一七行）を見いださなければならないというアントニーの答えは、この二項対立的な世界ではない世界、つまり伝統的なジェンダー・イデオロギーに染まっていない社会を意味していると解釈できる。このラディカルなカップルであるクレオパトラとアントニーにおいては、さまざまの枠組みや既成の価値基準が転倒され問い直される。

アントニーの「女性性」

テクストにはアントニーの「女性性」を示唆する神話が、前述の異性装のエピソード以外に、三つ織り込まれている。

（1）　クレオパトラはエジプトの月と豊穣の女神、アイシスと同一視されるが、アイシスの兄であり夫でもあるオシリスはアントニーと類似している[8]。オシリスは人間の父であり母でもあるという両性具有的な性格を付与されている。

（2）アントニーはクレオパトラからゴルゴンに喩えられる（二幕五場一一六行）が、見たものを石に変え、その髪の毛が蛇であるゴルゴンは女である。

（3）「エジプトのバッカス踊り」（二幕七場一〇四行）に興じて酒宴を楽しむアントニーは、酒の神バッカスを想起させるが、バッカスは両性具有である。

アントニーの「女性性」は、クレオパトラに従属し、彼女の女王としての地位を強化する「内助の功」のような役割を果たしている。オクテーヴィアス・シーザーは、エジプト／クレオパトラを「他者」、「劣位」として位置づける、いわゆるオリエンタリズム(9)を抱いている。これに対して、アントニーは、世界の中心であるローマ以外のものに興味をもち、価値を見いだすことができる包容力のある男性である。クレオパトラを通じて周辺的なエジプトに興味をもち、そこに留まろうとしたアントニーは、悪しき男性的価値を疑問視することができる男であり、ローマの帝国主義、父権制から一歩退いている。

アントニーは妻のオクテーヴィアとの間に「正当な嫡子」（三幕一三場一〇七行）を産むことを自ら禁じていた。また、アントニーは、クレオパトラとジュリアス・シーザーとの間にできた息子シザーリオンをエジプトの後継者とすることを黙認している。クレオパトラの後継者がアントニーとクレオパトラの息子でないことは、アントニーとクレオパトラの権力関係を測る点で興味深い。このことはエジプトの支配権はあくまでもクレオパトラの手中にあり、彼女の優位を示すと考えられる。〈政治〉よりも〈愛〉を選んだ男は、その「女らしさ」を非難され、否定的なイメージを与えられるが、アントニーの「女性性」は「他者」である女を受け入れ、女と共生関係を築くことができる、開かれた存在として評価すべきである。

アクティウムの海戦の敗北後、クレオパトラの後悔の涙一滴は自分(アントニー)が失った名誉に匹敵すると彼女を慰めるやさしさは、従来の男性的な価値観から産出されるものではなく、アントニーの「女性性」に由来する。また、クレオパトラが裏切ったと思った(四幕一二場一〇行)にもかかわらず彼女を許すアントニーの寛大さも、彼の「女性性」に起因する。

「男性性」を多分にもった男たちは、ジュリアス・シーザーや大ポンペーなど、クレオパトラの前にこれまで登場している。しかし若いクレオパトラは、これらの政治家たちと対等な関係を構築することはできなかったと推量できる。クレオパトラによるジュリアス・シーザーとの若き日の回想、「あれは私の若いころ、分別は青くさく、情熱も沸き立たないころの話です」(一幕五場七三―七四行)から想像されるのは、クレオパトラの身体はジュリアス・シーザーの快楽の対象であり、その逆ではないこと、年若きクレオパトラではなく年上のジュリアス・シーザーが主導権をもっていたらしいことである。

ジュリアス・シーザーや大ポンペーに比べて、アントニーは年齢的にもよりクレオパトラに近く、彼女のよきパートナーである。アントニーの「女性性」の魅力は、クレオパトラを凱旋の飾

図2　アントニーの死を悲しむクレオパトラ。ドルリー・レイン劇場で上演されたフレデリック・チャタートン演出の『アントニーとクレオパトラ』, 1873年。

りとして政治に利用しようとする(五幕一場六五―六六行)、権力志向の強い「男性性」の塊のようなオクテーヴィアス・シーザーと比較することでも逆照射される。アントニーは、それまでのどの男たちよりも彼女に染まり、溶けていく柔らかさを保持していた。アントニーのように女に歩み寄り融和していく人物は、女性統治者にとってはこの上なく得がたい存在だ。クレオパトラがオクテーヴィアス・シーザーの部下ドラベラにアントニーを理想化して語る(五幕二場七六―七八行)とき、彼女は女の領域にまで歩み寄ってくる男性が稀有であることを実感しているはずだ。

オセローがデズデモーナの死後、彼女が真珠であったことを悟ったように(五幕二場三四七行)、クレオパトラもアントニーの死後、彼が宝石であったことを痛感し、その死を嘆き悲しむ(四幕一五場七八行)(図2)。通常は女が宝石の比喩となるが、ここでは男のアントニーが宝石と表象されており、逆転が見られる。アントニーの精神構造を表現する「偉大な魂を宿した器」(八九行)というクレオパトラの台詞には、『男性性』とともに豊かな「女性性」を包含した、包容力溢れる寛大な人物像が読み取れる。アントニーを非難する劇中のローマ人や批評家たちは、「主体」であるべき男が、女によってこれほど引きずられることに苛立ちを覚える。彼らがアントニーに見いだす欠点は、彼の「女性性」である。『トロイラスとクレシダ』において、トロイラスを裏切ったクレシダが「不実な女の呼び名」(四幕二場一〇〇行)となるように、クレオパトラに従順であるアントニーが男の不名誉の名前になっている。

アントニーの脱中心化

アントニーの「女性性」は、クレオパトラの中心化、換言すればアントニーの脱中心化として表現される。脱中心化の最初の象徴的な出来事は、アントニーがクレオパトラに初めて会う際に起きる。イノバーバスの有名な回想(二幕二場一九一―二一八行)によると、皆がシドナス河畔のクレオパトラを見物に行って町がからっぽになり、空気さえも見物に出かけて自然界に大穴を開けかねなかったが、一方、アントニーはただひとり広場にとり残されて空に向かって口笛を吹いていたというくだりだ。また、アントニーが晩餐にクレオパトラを招待したのに、彼女の懇願で彼の方が彼女の宴席に赴いた(二一九―二二六行)ことも脱中心化の一例である。

アントニーの脱中心化の典型は、アクティウムの海戦で彼がクレオパトラの船を追いかけ、オクテーヴィアス・シーザーに敗戦したことであろう。ここには、クレオパトラの強力なセクシュアリティに呪縛されたアントニーが顕在化される。

アントニー　ああ、女王、あなたは私をどこに連れて行くのだ?
私は自分の恥をあなたの眼から隠そうと
過去を振り返っていたのだ、
不名誉のうちに崩れ落ちた私の過去を。
クレオパトラ　ああ、あなた、あなた、
許して、恐れをなした私の船の帆を。私は思いもかけなかったの、
あなたが私の後をついてくるなんて。
アントニー　エジプト女王、あなたはよく知っていたはずだ、
私の心は、あなたの船の舵に堅く結びつけられていることを、
そしてあなたが私の引き船であることを。

私の魂は、あなたが完全に主導権を握っていて、
あなたが手招きすれば、神々の命令にそむいても
私がついていくことを。（三幕一一場五一―六一行）

Ant. O, whither hast thou led me, Egypt? See
How I convey my shame out of thine eyes
By looking back what I have left behind
'Stroy'd in dishonor.
Cleo. O my lord, my lord,
Forgive my fearful sails! I little thought
You would have followed.
Ant. Egypt, thou knew'st too well
My heart was to thy rudder tied by th' strings,
And thou shouldst [tow] me after. O'er my spirit
[Thy] full supremacy thou knew'st, and that
Thy beck might from the bidding of the gods

Command me. (III. xi. 51–61)

このアクティウムの海戦での事件は、クレオパトラの自殺の虚報を信じてのアントニーの後追い自殺とも通底するものだ。さらに脱中心化の他の例として、瀕死のアントニーがクレオパトラに引き上げられるときの魚釣りの比喩、「まあ、釣りをして遊んでるみたい！　あなたは何と重いのでしょう！」(四幕一五場三二行)も挙げられる。この場面は、クレオパトラがアントニーを魚に見立てて釣り遊びをしようと提案するシーン(二幕五場一一―一五行)と重ね合わされる。漁師のクレオパトラは高みから魚のアントニーを釣るわけで、アントニーの劣位、クレオパトラの優位が強調される。以上のようにアントニーの脱中心化は、さまざまの場面で通奏低音として反復される。

2　エジプト女王

愛を選ぶアントニーと政治を優先するクレオパトラ

劇の前半(三幕三場まで)のクレオパトラは、アントニーの愛をつなぎ止めるために手練手管を使ったり、恋に耽溺してローマに帰国したアントニーに連日使者を送る情熱的な女であったり、アントニーの再婚を知って激しい嫉妬を燃やす女であった。戦争のない平穏な日々のクレオパトラの表象は、恋に生きる女としての「女性性」が強調されているが、後半(三幕四場より)、アントニーとオクテーヴィアス・シーザーの権力闘争が表面化してくると、彼女は次第に変化する。彼女の言動にはエジプト女王としての立場が色濃く反映されるのである。アントニーへの愛を抑制し、女王としての立場や名誉を最優先するのは、彼女の「男性性」と解釈できる。

クレオパトラとアントニーの力関係は、エジプトがローマの属国であることを考慮しても、クレオパトラは女王、アントニーは三頭政治のなかのひとりであり、クレオパトラが劣位にあるというわけではない。クレオパトラはアントニーを支配し、いろいろな面でイニシャティヴを取っていく。クレオパトラがオクテーヴィアス・シーザーの姉オクテーヴィアとアントニーの再婚に嫉妬し激怒したのは、単にアントニーへの愛という観点からのみ考察されるべきではない。そこには、アントニーを自分に惹きつけ、彼の権力を利用してエジプトを東方一の強大な国にし、さらにローマに対しては可能な限り有利な立場を保持しようとするクレオパトラの政治的駆け引きがある。

エジプトとローマの友好関係を維持するために、クレオパトラとしてはアントニーの愛を最大限に利用する必要があったはずだ。エリザベス女王が戦略的に男性の愛を利用したように、女王クレオパトラにとっても、彼女を愛しサポートする男性の存在は重要であろう。実際、彼女は再度エジプトに舞い戻って来たアントニーから、エジプトの永久所有権と低地シリア、サイプラス、リディアの支配権を貰う。また、アントニーはクレオパトラとの間に生まれた息子たち、アレクサンダーとトレミーの各々に三つの王国を与えており、アントニーがクレオパトラのためにローマでの彼の権力を濫用していることが分かる。

劇の後半、アントニーとオクテーヴィアス・シーザーの力関係は変化し、オクテーヴィアス・シーザーの優位が明白になる。アントニーは、オクテーヴィアス・シーザーを離れるように進言する占い師の忠告とクレオパトラの性的魅力の両方によって再度エジプトに戻るが、彼の運命の下降は避けられない。愛と政治の双方を追求するなかで、政治を失いつつあるアントニーには、愛の重要度が増す。つまり政治家としての危機に見舞われたアントニーにとっては、彼のもうひとつのアイデンティティであるクレオパトラの恋人としての比重が増大する。アントニーはクレオパトラの心を自分のものとし、彼女の胸を永遠の避難所としてそこに自分を帰属させていることを二度も告白する（四幕一二場二七行、四幕一四場一五―一六行）。

クレオパトラとの一体感をもって行動するアントニーに対して、彼女は彼との自己完結的な愛の世界に留まろうとせず、アントニーの言葉を借りればオクテーヴィアス・シーザーと手を結ぶ。

アントニー　――あの女は、
シーザーと結託してカードをごまかし、

私の栄誉をかすめとり、敵の戦利品にしたのだ。（四幕一四場一八―二〇行）

Ant. —she, Eros, has
Pack'd cards with Caesar's, and false-play'd my glory
Unto an enemy's triumph. (IV. xiv. 18–20)

しかし、クレオパトラの裏切りを示す客観的な証拠は、テクスト中には見いだせない。シェイクスピアは、クレオパトラがアントニーを見捨て、オクテーヴィアス・シーザーと和解しようとしたかどうかを曖昧なままにしている。また、アントニーとオクテーヴィアス・シーザーの間で揺れ動くクレオパトラの内面は、テクストには書き込まれていない。

為政者クレオパトラ

このように曖昧な描き方をされたエジプト女王に対して、一部の観客や批評家は彼女の貞節の無さを非難したり、日和見主義だと一方的に批判してきた。クレオパトラを国名でエジプトと呼ぶアントニーでさえも、クレオパトラの統治者としての立場を斟酌せずに彼女の「不実」を非難するが、ここにはクレオパトラの恋人としてのアイデンティティしかもてないアントニーと、女王としてアントニーとの愛に一定の距離をもたせざるをえない彼女との立場の違いが前景化される。

クレオパトラの曖昧な態度は、彼女をアントニーの恋人としてのみ解釈すると、危機に陥った恋人に救いの手を差し伸べない悪女という批判を招く。しかし、エジプトの為政者というクレオパトラの公的な立場を念頭に置くと、これは政治的戦略として当然な判断である。クレオパトラの女王としての立場は、シェイクスピアの他の作品に登場する王妃たちと明らかに異なる。これらの王妃たちは国王あっての王妃であり、彼女たちは国政を直接担っているわけではない。クレオパトラは政治という、いわば男の領域の中枢に位置しており、彼女の特殊な立場が浮き彫りにされる。

クレオパトラはエジプトそのものであり、彼女の言動は何にもまして政治を優先させる必要があるのだ。つまり、彼女の最高権力者としての「男性性」が、愛にのみ取り込まれるのを阻むのである。クレオパトラが女としてではなく男として戦争に出ることを宣言する箇所は、愛の女神ヴィーナスから、戦いに臨もうとする「女王」としての「男性性」への転換点である。

クレオパトラ　　ローマなぞ沈んでしまえ！　私の悪口をいうものたちの舌など
　腐ってしまえばいい！　私は戦いの費用を出している、
　王国の元首として、

男として出陣します。口出しは許さない、
決して後には残らないから。（三幕七場一五―一九行）

Cleo. Sink Rome, and their tongues rot
That speak against us! A charge we bear i' th' war,
And as the president of my kingdom will
Appear there for a man. Speak not against it,
I will not stay behind. (III. vii. 15–19)

この箇所は、エリザベス一世がティルベリーに行きスペインの無敵艦隊を相手に戦闘を交えようとする軍隊に向かって、「私の体は弱くもろい女の体です。しかし、私は国王の心と、胆力をもっています」と激励し、いわば男性的な役割を果たした史実を想起させる。[10] クレオパトラは臆病風に吹かれてアクティウムの海戦で逃げ出すにもかかわらず、エジプト女王としての名誉と権利を守る立場は最後まで一貫している。しかし、古今東西において愛より政治を選んだ女は非難の対象にされる。一国の女王ですら、性のダブル・スタンダードを免れないのである。クレオパトラの表象は、愛の女神から魔女、娼婦という否定的なものへと引きずり降ろされる。

3　クレオパトラのセクシュアリティ

水・土・食べ物

アントニーのジェンダーは、妻となったファルヴィアやオクテーヴィアを相手にしたときは揺らぐことはない。最初の妻ファルヴィアは、自らオクテーヴィアス・シーザーに戦いを仕掛けた男勝りの女であり、一方、二番目の妻オクテーヴィアは、ローマ父権制の理想の妻を表象する「清らかで、冷たく、口数の少ない」(三幕六場一二二―一二三行) 女である。アントニーは、このふたりの対照的な妻たちに対しては男としての「主体」を確固として保持しており、客体化されることはない。「口論好き」(一幕一場四八行) で、怒り、悲しみ、喜びなどのさまざまな感情をストレートに表現するクレオパトラを相手にしたときだけ、彼のジェンダーは揺らぎ、時には転倒する。

クレオパトラとアントニーの関係性を探ると、強いクレオパトラに対して弱いアントニーという力関係が透視される。ふたりのジェンダーの転倒は、セクシュアリティから見たふたりの関係が、クレオパトラが「主」で、アントニーが「従」であることに起因すると思われる。クレオパトラの複雑なセクシュアリティをあえて簡潔に表象すると、[1] 水、[2] 土、[3] 食べ物となる。

[1] 水―クレオパトラの身体が水として表象される場合、アントニーは水中の生物として表現

される。クレオパトラは、水と密接な関係をもっている。[11] シェイクスピアは、クレオパトラとアントニーが初めて出会った場所を史実とは異なってシドナス河畔にするなど、クレオパトラがアントニーを魅惑するために水辺を効果的に使っている。また、クレオパトラはアントニーから海の精テティス(三幕七場六〇行)と呼ばれ、陸戦よりも海戦を主張し、川での魚釣りを回想するなど、彼女と水との関係は深い。

アントニーとの快楽の時を回想するクレオパトラの表現、「あの人の楽しむ姿は水を切るイルカのようで、つねに水のなかに住みながら、その背中を水面から没することはなかった」(五幕二場八八—九〇行)が示唆するように、アントニーはイルカに喩えられ、このイルカの表象にはエロティックなイメージがある。[12] イルカのいる場所は水であり、その水はクレオパトラの比喩とみなすことができる。イルカ以外にもアントニーは、「褐色のひれをつけた魚」(二幕五場一二行)、「雌鴨を追う雄鴨」(三幕一〇場一九行)などの水中の生物として表象される。彼は水のなかでしか生存できず、水であるクレオパトラから離れることができない。

【2】 土—クレオパトラはエジプトの肥沃な大地「ナイルの泥」(一幕三場六九行)であり、アントニーは土に種/胤を蒔く農夫として描写される。

アントニー

ナイルは水位が高いほど
収穫が期待できる。水が引いたら、農夫は
そのぬかるみの泥地に種をばら蒔く。
そうすればまもなく取り入れだ。（二幕七場二〇―二三行）

Ant. The higher Nilus swells,
The more it promises; as it ebbs, the seedsman
Upon the slime and ooze scatters his grain,
And shortly comes to harvest. (II. vii. 20–23)

ナイル河の氾濫とは、文字通りの意味以外にクレオパトラの性的興奮の高まりを意味すると解釈できる。農夫であるアントニーは、その「ぬかるみの泥地」であるクレオパトラの身体に、種／胤をばら蒔く。やがて収穫のときとなり、実／子供が生まれてくる。アイシスの夫オシリスは農耕を司る神でもあることを考慮すれば、この台詞はふたりの関係を巧みに表現している。エジプトでのアントニーは、ローマの武将であるだけではなく、種を植え付け収穫する農夫でもあるのだ。クレオパトラがオクテーヴィア、ファルヴィアと異なる点のひとつは、蒔かれた種／胤を実らせた女として描かれていることである。

プルタルコスの『対比列伝』におけるアントニーは、オクテーヴィアとの間に子供をもうけているのに、シェイクスピアのアントニーは枕に皺の跡ひとつ残さず、オクテーヴィアとの間に子供がいない（三幕一三場一〇六—一〇七行）。シェイクスピアはアントニーのふたりの妻たちのセクシュアリティには一見、不毛な印象を与え、クレオパトラにはアントニーとの間に複数の子供（一六三行）をもうけさせ、クレオパトラを肥沃な大地として描く。しかもクレオパトラの産んだ子供たちは、ローマ人アントニーとの混血であることは興味深い。

［3］食べ物—クレオパトラは食べ物としても表象され、アントニーはその点でもクレオパトラに依存する。アントニーはクレオパトラを「死んだシーザーの皿の冷たい食い残し」（一一六—一一七行）、「ニーアス・ポンペーのこぼした食いかす」（一一七—一一八行）とアイロニカルに表現する。イノバーバスも彼女をアントニーの「エジプト料理」（二幕六場一二六行）と呼び、彼女自身も「私は帝王にふさわしい供え物だった」（一幕五場三〇—三一行）と自らを語る。

クレオパトラは、アントニーの生／精に栄養、エネルギーを与える存在である。ジュリアス・シーザーも、かつてエジプトでご馳走を食べて太ったという。ポンペーは、アレクサンドリアの豪華な宴会で飲んだり食べたりセックスに興じるアントニーを、「あの道楽者を饗宴の庭に縛り、脳味噌まで酒びたしにさせるがいい」（二幕一場二三―二五行）とか、「飽くなき情欲の持ち主」（三三行）という言い回しで描写する。

しかしながら、注目すべきことは、アントニーはクレオパトラを食べるが、同時に食べられているということである。アントニーは彼女からエネルギーを得ているのに、彼女から精液を消耗させられる。アントニーはいくらクレオパトラを食しても、彼女から消耗させられるのでまた欲しくなる。このアントニーの絶えざる欲望を実証するのが、イノバーバスの「ほかの女は男を満足させれば飽きられる、ところがあの女は満足させたとたんにさらに欲しがられる」（二幕二場二三五―三七行）という台詞である。

以上のように、クレオパトラのセクシュアリティは、水や土、食べ物で表象され、これらは生命が根ざす根源的なものである。彼女はあたかも先史時代における大地母神（グレート・マザー）のようにアントニーの生命が生まれ出てくる源となっている。アントニーはクレオパトラの肉体に密着、依存の関係にあり、イノバーバスの断言どおり彼女を去ることが難しい。結局、アントニーはクレオパトラとの関係において主導権を握ることはできず、従属する立場に置かれているのだ。

「無限の変化」

ステレオタイプ化されない溢れるばかりの過剰の部分を内包するクレオパトラのセクシュアリティは、彼女の人種と民族性によってさらに複雑さを帯びる。彼女はアレクサンダー大王の末裔であるのでギリシア系、エジプトの女王であるから東洋の範疇、そしてまたマイケル・ニールやリンダ・ブースが示唆するように、(14)カルタゴの女王ダイドーと同じアフリカの女王でもある。(13)

クレオパトラの皮膚の色は、白色、オリーブ色、黒色のいずれとも考えられる。今日、ポストコロニアル批評の見地からは、クレオパトラの皮膚の色を有色と考える傾向が強くなっている。クレオパトラの肌の色を推定できる言葉、ファイローの「浅黒い顔 (a tawny front)」(一幕一場六行)、そして彼女自身の言葉「日の神フィーバスにかわいがられて肌をこがし (black)、時の手で皺を刻まれた私」(一幕五場二八―二九行) にある "tawny" "black" という表現からは、オリーブ色、さらには黒色のクレオパトラ像が濃厚となるかもしれない。

また、彼女の皮膚の色は、彼女の内面を映すものとも考えられる。クレオパトラの皮膚の色がダークであるということは、心がダーク、つまり「運命の女(ファム・ファタール)」を示唆してもいる。オクテーヴィアの白い皮膚、白い心と対比的にクレオパトラはダークな皮膚、男を誘惑する『ソネット集』のダーク・レイディと通底するダークな心が強調される。このように彼女のハイブリディティ(雑種性)はその「無限の変化」(二幕二場二三五行) を支え、彼女をプリズム光のように変化させるものとなっている。

ヨーロッパ中心主義、ローマ中心主義という点からは、クレオパトラは人種的他者である。遠い異国エジプトは、「文明国」ローマからみると未知のもの、神秘的なものに見え、ローマ人はいわゆるオリエンタリズムを抱いている。ポンペー、レピダス、アグリッパ、ミシーナスは、ローマによって「他者」として創出されたエジプト／クレオパトラの解読のために、アントニーやイノバーバスからクレオパトラの情報を収集する。イノバーバスが語るクレオパトラ像も、ローマ人イノバーバスが見た神秘の国エジプトの女王の物語である。それは、ローマの女の鑑、オクテーヴィアとの差異性の上に成り立つ「異質性」、「特殊性」に彩られる。

アントニーは、神秘的、得体のしれない部分を内包したクレオパトラのセクシュアリティを、巧みに「わがナイルの蛇」（一幕五場二五行）と表現する。オセローの語る、顔が肩の下にある珍しい人種の物語同様、アントニーがレピダスにからかい半分に語る、太陽熱の作用によって泥から生まれる蛇や鰐は、エジプトの神秘を説明する物語である。この話は、ローマ人アントニーが同郷のローマ人に語る設定になっている。エジプト／クレオパトラの表象がローマ、とくに男性の言説によって創出されていく過程がうかがえる。これらの蛇や鰐は、いわばクレオパトラのメタファーと解釈され、それらによってクレオパトラのセクシュアリティの「モンストラスな層（most monster-like）」（四幕一二場三六行）が暗示される。

クレオパトラの身体はいわば神秘的な未知の土地、支配されるべき領土であり、そこへ足を踏み入れたアントニーは、彼女の魅力の虜となり絡めとられていく。エジプトを征服にきたアントニーが、クレオパトラによって征服される。アントニーは、飢餓と闘い、腐った水を飲みながらも死闘を続ける武人であったのが、美味なものを食べるエピキュリアンに変身する。クレオパトラを食べながら、食べられて「化け物」の餌食となる。ローマ人の怒りは、ローマの三頭政治のひとりアントニーが、属国であるエジプトの女王のセクシュアリティに絡めとられたことに対する性差別的、人種差別的な性格を帯びている。

4　「ヒロイン」の死と「ヒーロー」の死

アントニーの「ヒロイン」的な死

クレオパトラに自分の心を預けたアントニー（四幕一四場一五―一六行）は、クレオパトラの「裏切り」に自己の存在の根拠を喪失し、溶解する。アントニーは、龍、熊、砦、岩、山などに見えた雲が刻々と姿を変えるように、自分もそれまでの雄姿を保持できないとエロスに語る。アントニーがセクシュアリティを表すエロスという名前の従者に、彼の胸の内を素直に表現しているのは興味深い。ここには、愛のために溶けていくアントニーが表象される。(15)クレオパトラの「自殺」の虚報を聞いたアントニーはすぐに鎧を脱ぐが、この行為は武人であることを止めることを意味する（四幕一四場四二行）。つまりアントニーからヘラクレス神が去り（これはローマ的でなくなることを意味する）、彼はあたかもオシリス（アイシスの夫）のようにエジプトに帰属し、クレオパトラの恋人、「夫」として死ぬつもりなのである。

アントニーの死は、愛情でなまくらになった剣ではなく、クレオパトラとの甘美なキスによって完遂する。ナイルの蛇と呼ばれるクレオパトラは、比喩的に体内に甘い毒をもつ（一幕五場二六―二七行）。侍女アイアラスが、クレオパトラと最後の別れのキスをしただけで死ぬように、アントニーもクレオパトラとキスをした直後に絶命するのである。アントニーが恋人の腕のなかで息絶えることは、およそローマの武将らしからぬことであり、ジュリアス・シーザー、コリオレイナスなどと比較すると女々しい死に方といえよう。アントニーの自殺は、後のクレオパトラの自殺と比べると、はるかに私的で愛のために溶解していく「ヒロイン」的な死を刻印する。アントニーの女性化の極地は、オクテーヴィアス・シーザーがアントニーの自殺した「剣」をその部下から受け取ったとき（五幕一場二四―二六行）であろう。アントニーは男性の象徴である「剣」を奪われており、オクテーヴィアス・シーザーを意識した死のパフォーマンスを一切しない。

オクテーヴィアス・シーザーの目論み

クレオパトラの自殺はアントニーとは対照的で、彼女のパフォーマンスは、「ヒーロー」としての死である。オクテーヴィアス・シーザーは、前述のように自分の勝利を完璧なものにするために、クレオパトラを生かしてローマに連行し、「凱旋の飾り」とすることが不可欠だと考えている。クレオパトラが「凱旋の飾り」となった場合の処遇を、アントニーはかつて腹立ち紛れに次のように予測した。

アントニー　消えてしまえ、さもなくばおまえに当然の報いを与えよう。
シーザーの戦利品たるおまえを、傷物にするぞ。シーザーに捕まり、
歓呼の声をあげる平民たちのなかに放りだされるがいい。
女の面汚しとして、シーザーの戦車に従え。
珍しい化け物として、
貧乏人らの安見世物に出るがいい。
そして辛抱強いオクテーヴィアに、鋭く磨いた爪先で、
おまえの顔を引っかいてもらえ。（四幕一二場三二―三九行）

Ant. Vanish, or I shall give thee thy deserving,
And blemish Caesar's triumph. Let him take thee
And hoist thee up to the shouting plebeians!
Follow his chariot, like the greatest spot
Of all thy sex; most monster-like, be shown
For poor'st diminutives, for dolts, and let
Patient Octavia plough thy visage up
With her prepared nails. (IV. xii. 32–39)

このアントニーの推測は、単なる想像というよりローマ人のクレオパトラに対する反応として現実味を帯びている。クレオパトラは女からも男からも、女の貞節を破った「女の面汚し」、「化け物」として視られる可能性は大きい。クレオパトラが期待する女王としての御幸とは程遠く、彼女はローマの捕虜としてローマの平民、賤民の見世物になるであろう。そのことを恐れて彼女は、ローマ人の差別的な視線や下層階級の人々の臭い息について二度も言及する（五幕二場五五―五七行、二〇九―一三行）。

クレオパトラにとってローマ人から性差別的、人種差別的な視線を浴びることは、屈辱以外の何ものでもない。彼女が最も意識するのは、「愚鈍な」（五五行）オクテーヴィアの「静かな眼」（五四行）である。正妻オクテーヴィアの視線は、エジプトを属国とみなすローマの支配的な人種差別的視線のほかに、自分が女の鑑で正当な妻であり、クレオパトラは娼婦、魔女であるとする軽蔑的な視線を含んでいるはずだ。女の美徳とされる「貞節、従順、寡黙」を絵に描いたようなオクテーヴィアの視線にさらされることは、クレオパトラにとっては屈辱以外の何ものでもない。エジプト女王はオクテーヴィアの眼前で、ローマの「凱旋の飾り」となる自分の不名誉を何にもまして恐れている。

オクテーヴィアス・シーザーは、エジプトを「客体」と位置づけて、クレオパトラの抱く「主体」としてのエジプトを突き崩そうとする。ローマの帝国主義を推進しようとする彼は、それまでの統治者(ジュリアス・シーザーとアントニー)よりも一層エジプトを劣位に置き、支配の対象とする。アントニーが予想したように、オクテーヴィアス・シーザーはクレオパトラをエジプト女王ではなくエジプトの「化け物」として、ローマで「凱旋の飾り」、見世物にすることで、自分自身とローマの優越を証明しようとする。オクテーヴィアス・シーザーの意図は、エジプトの「中心」であるクレオパトラをローマに移動させることで彼女を脱中心化、「客体」化することである。そうすることで彼は、アントニーと正反対の立場に自分を置くことが可能となる。

クレオパトラの「ヒーロー」的な死

クレオパトラは、女王／女／エジプトの人間として考え、行動し、発話する「主体」であり、自分を劣等視する眼鏡をもち合わせていない。彼女がアントニー(ローマの男／執政官)に「あなたと同じ背丈が欲しい、そしてあなたにエジプトの女王にも魂があることを見せてやりたい」(一幕三場四〇―四一行)と激しく語った口調には、男／ローマによって劣位に置かれることを断固として拒否するエジプト女王としての誇りが表明される。つまりクレオパトラには、ローマの男性からジェンダーと人種の両方で差別されることへの憤懣がある。

オセローはヴェニス／ヨーロッパ／キリスト教の諸価値を内面化し、彼自身のなかの「異端性」を恥じて、彼のなかのトルコ的なもの、野蛮性を抹殺するために自殺した(五幕二場三五二―五六行)。オセローの自殺は、白人の価値観を内面化した黒いムーア人が、彼の内なるトルコ人を抹殺した物語と読める。このオセローとは対照的に、クレオパトラは自らの身体への権利をオクテーヴィアス・シーザーに侵犯されることを拒否し、自殺を選択する。クレオパトラは彼女を見世物にしようとするオクテーヴィアス・シーザーの愚かな望みを打ち砕き、計画の裏をかこうとする。

クレオパトラ　　　　たしかにそれも
ひとつの方法ではある、彼らの計画の裏をかき、

愚かしい望みをうち砕くための。（五幕二場二二四—二六行）

Cleo. Why, that's the way
To fool their preparation, and to conquer
Their most absurd intents. (V. ii. 224-26)

こうして、どちらが主導権を掌握するかをめぐって、「ヒーロー」クレオパトラのオクテーヴィアス・シーザーに対する心理戦が繰り広げられる。

アーデン版の編者ジョン・ワイルダーズは、クレオパトラの死が敗北か、それとも勝利かが判然としないことを指摘する。[16] 歴史的にはオクテーヴィアス・シーザーの勝利で終わるが、この劇ではクレオパトラが彼との心理戦を交え、彼を出し抜いて勝利したと解釈できるのではなかろうか。クレオパトラの自殺を予防しようとするオクテーヴィアス・シーザーの小手先の策略を見抜いた彼女は、彼が恐れていたように、その「偉大さ」（五幕一場六四行）ゆえに、彼に「決定的な打撃」（六四行）を与え、彼を「敗北」（六五行）させたのである。

自殺の道具としての蛇の選択は、安楽死、再生の象徴以外にさまざまの理由づけがなされる。アントニーはクレオパトラの甘美な毒によって死に至ったのであり、クレオパトラは、いわば蛇の化

図 3　ペギー・アッシュクロフトが演じるクレオパトラの自殺の場面。シェイクスピア記念劇場，1953 年。

身である。死と再生の象徴である蛇を、彼女はアントニーと来世で結びつく手段として用いる。オクテーヴィアス・シーザーが駆けつけたときにすでに姿を消していた蛇は、彼を「うかつな阿呆」（五幕二場三〇七―〇八行）と呼ぶクレオパトラの化身でもあろう。また、この蛇は、クレオパトラとエリザベス女王を結ぶ役割をも果たす。つまり、エリザベス女王の「虹の肖像」のなかで、女王が左の袖に刺繍した蛇を巻きつけている絵姿と重ね合わされる[17]。

また、クレオパトラが胸に当てた蛇を赤ん坊（三〇九行）と呼ぶことも、注目に値する。赤ん坊に乳をやる母／乳母としてのクレオパトラの姿は、エリザベス女王が母／乳母として表象されていたことを想起させる。これはあくまでも女王の慈母としてのメタファー、国民は女王の「赤子」であるという言説の提示であり、母としての役割と捉えるべきではない。その証拠にオクテーヴィアス・シーザーから自殺という手段を選べば、子供たちの破滅を招くという警告を受けながらも、クレオパトラはアントニーの後追いをする。三日以内に子供たちもローマに連行されるという情報を得ながらも、彼女は子供たちには何ら措置をとらず、自分だけの死を選択する。シェイクスピアはクレオパトラの母性への還元を回避している。王冠を戴き女王の服装で死ぬというクレオパトラの凝ったパフォーマンス(図3)は、ヒロイックな死に方であり、オクテーヴィアス・シーザーに対して「ヒーロー」としてのクレオパトラを刻みつける。

5 「妻」の役割

クレオパトラのレッテル

女性表象は父権制社会のジェンダーの構築に貢献し、男女の規範をつくってきた。とくに男は女を表象することでそのセクシュアリティをコントロールしており、女性表象は極めて政治的に働く。『アントニーとクレオパトラ』におけるクレオパトラの表象を考察すると、極めて肯定的なものと極めて否定的なものが共存し、表裏一体をなしている。これはクレオパトラという女が、スケールの大きい、「無限の変化」をもった人間である証しでもあろう。

肯定的なものとしてはエジプトの女神アイシス、愛の女神ヴィーナス、「妖精(fairy)」、「東方の星(eastern star)」などがある。一方、否定的な表象は肯定的なものより多く、「娼婦(whore, strumpet, trull)」、「魔女(spell, witch, charm, magic, enchanting)」、「売女(kite)」、浮気女を表す「ジプシー(gipsy)」、「化け物(monster)」など多岐にわたる。

このようにクレオパトラの肯定的な表象と否定的な表象は、コインの表裏となっている。歴史的には、ローマ人はアントニーを誘惑したクレオパトラをローマを誘惑する娼婦アイシス神とみなした。史実によれば、オクテーヴィアス・シーザーは、実際にアイシス神殿を破壊したといわれている。このように、ローマ人はアイシス神に娼婦や魔女などの淫欲な記号を貼り付けて、アイシス崇拝を危険視したのである。(18)

妻としてのクレオパトラ

両極端なクレオパトラ表象のなかで、死を目前にした彼女にこれまでは決してなかった「妻」という女性像が浮上してくる。劇の最終場におけるアントニーの「妻」という彼女の役割は、一体何を意味するのであろうか。シェイクスピアはクレオパトラに豊穣な大地という「産む性」としての側面は出しながらも、「妻」としての役割に彼女を封じ込めることは回避してきた。クレオパトラ自身も、それまではアントニーの恋人であり、「妻」という家庭的な言葉で自分を表現してはいない。

彼女は、死に際に初めてアントニーを「夫」と呼び、「妻」という肩書きを辱しめない人間であろうとする。

クレオパトラ　　　　アントニーが私を呼んでいるようだ。
あの人が身を起こし、私の気高い行ないをほめてくれるのが見える。
聞こえるわ、あの人がシーザーの幸運をあざ笑っているのが。
神々が人間に幸運をもたらすのは、それを口実として後で復讐するため。
私の夫よ、あなたのもとに行きます。
妻としての私の勇気が、夫の名前にふさわしいものとなりますように！

（五幕二場二八三―八八行）

Cleo. Methinks I hear
Antony call; I see him rouse himself
To praise my noble act. I hear him mock

The luck of Caesar, which the gods give men
To excuse their after wrath. Husband, I come!
Now to that name my courage prove my title! (V. ii. 283-88)

クレオパトラのこの言葉はアントニーの死後のものであるから、彼女に「妻」としての抑圧的な役割は生じない。ふたりは、永遠を暗示する来世での「妻」と「夫」である。アントニーがクレオパトラの「死」を知ったときに、来世で花婿になると述べた台詞に呼応するかのように、クレオパトラは正妻オクテーヴィアを尻目にアントニーの「妻」の位置に自分を据える。

アントニーの名前を呼びながら死ぬクレオパトラは、彼の名を体に刻み込んで死ぬわけで、彼女の身体そのものにアントニーを回収するように思われる。クレオパトラは、エジプトの女王という政治的な役割を終えて、いわば私人としてアントニーのもとに旅立とうとしているのである。マーディアンがアントニーに語る「あなたのお名前は果てられた女王の身に埋められたのです」(四幕一四場三三―三四行)という偽りの言葉が、奇しくも成就する。

オクテーヴィアス・シーザーも、クレオパトラとアントニーのふたりを「妻」と「夫」と認め、ふたりを同じ墓に埋葬することを許可する。シェイクスピアは、クレオパトラを「妻」として死なせることで彼女をさまざまな非難や中傷から救い出す。筆者は、ここにシェイクスピアの劇作家としての戦略を読み取る。あまりにアントニーを支配し、引きずり回すクレオパトラに対する観客の拒否反応を緩和すべく、最後の最後でふたりを「妻」と「夫」という伝統的な枠にはめ込み、クレオパトラへの非難を払拭する。「妻」として「夫」の後を追うクレオパトラの姿勢は、夫に従順な「立派な行為」（五幕二場二八五行）として称賛されるであろう。

ローマ人の読み解くクレオパトラというテクストは、前述のように魔女、娼婦、ジプシーという言葉に代表されるとおり肯定的なものではない。シェイクスピアは、否定的なレッテルを貼られたクレオパトラを伝統的な「妻」の役割に閉じ込め矮小化することで、観客がローマ人の視点で彼女を評価することを避けたのだ。それは、最終場でひとり残ったクレオパトラを、「ヒーロー」として観客に受容してもらうためのシェイクスピアの戦略である。この「妻」の役割がなかったならば、クレオパトラへの批判はもっと熾烈なものになった可能性がある。さらに、男性化したクレオパトラと女性化したアントニーのテーマは、ジェンダーを攪乱し既成の秩序を破壊するものとして、当時の反劇場パンフレットになる[19]危険をはらむ。クレオパトラの伝統的な「妻」への回収は、このような危険を回避させているのだ。

第二章

従順を演じるキャタリーナ

『じゃじゃ馬馴らし』*The Taming of the Shrew*

いつの時代でも、男性のじゃじゃ馬は非難の対象とはならない。妻となったキャタリーナを飼い馴らすために、ペトルーチオがわざと演じたじゃじゃ馬としての言動は誰も問題にしなかった。しかし、女性のじゃじゃ馬はそうではない。「じゃじゃ馬」や「ガミガミ女」は、転倒的で男性に脅威を与えるために危険視され、「懲罰椅子」や「ガミガミ女の轡」を使った社会的制裁を受けることがあった(1)。

キャタリーナは最後に本当に従順になったのか、それとも従順を演じただけなのか、キャタリーナの変貌をめぐってはフェミニズム批評家によってさまざまの議論がなされてきた。たとえばキャロル・トマス・ニーリーは、キャタリーナとペトルーチオが相思相愛になったとし、キャタリーナが強制的に服従させられたとはみない。[2] またコッペリア・カーンは、ペトルーチオの支配欲に対してキャタリーナは夫を巧く操縦する術を身につけたのだと、『じゃじゃ馬馴らし』を風刺的に捉える。[3] カレン・ニューマンは、男性のものである言葉を駆使して女の従順を語るキャタリーナのスピーチに、転覆的なものをみている。[4] この劇の上演に際して、フェミニズムを経た今日の欧米では、最後のスピーチの場面のキャタリーナを従順な妻として演じることはもはや不可能とされ、いろいろと工夫が凝らされているのが現状である。

筆者の解釈は、父権社会の規範、すなわち夫に逆らわないことを訓練されたキャタリーナが、四幕五場に始めたペトルーチオとの「ふざけ（our first merriment）」（四幕五場七六行）の一環として、従順な妻を装い一世一代、夫唱婦随の演技をしたというものである。本章では、キャタリーナが従順を演じる過程をペトルーチオや父のバプティスタ、妹のビアンカとの関係を考察しながら論じ、最後にこの劇の「序幕」と本劇のつながりに触れる。

1　キャタリーナのスピーチ

賭け

一同が会した最終場での話題は、じゃじゃ馬を妻にもったペトルーチオの苦労であるが、ペトルーチオはそれを否定し、むしろビアンカと未亡人が彼女たちの夫にとって、手ごわいじゃじゃ馬になっているようだと語る。父のバプティスタはこのときも娘キャタリーナを「天下一のじゃじゃ馬」(五幕二場六四行)と考えているが、ペトルーチオはそれを即座に否定し、彼は夫への従順度を試すために新婚の妻たちを呼びにやるという賭けを友人たちに提案する。キャタリーナが自分の命令に従うように訓練とテストを繰り返したペトルーチオは、この賭けにおける自己の勝利を確信している。

まず最初に、「しとやかな美しさ」(一幕二場二五三行)で定評のあったビアンカの夫ルーセンショーが、自信たっぷりにこの賭けに応じる。彼はビオンデロを使って、新妻にくるようにと「伝言する(bid)」(五幕二場七六行)。しかしビアンカからの返事は、忙しいので(実は未亡人と暖炉にあたっておしゃべりをしていた)行けません、というつれないものであった。二番目の挑戦者ホーテンショーは、用心して今度は妻に来てくれるように「頼む(entreat)」(八六行)。しかし、女らしいやさしさの持ち主であった(四幕二場四一—四二行)はずの未亡人からの返答は、ビアンカよりもさらに冷淡なもので、夫の伝言を「悪ふざけ」(五幕二場九一行)扱いして、あなたの方が来なさいと命令するのである。悲惨な結果となったふたりを尻目に、ペトルーチオは芝居がかった高飛車な態度で、威圧的に妻に命令する。

ペトルーチオ
おい、グルーミオ、奥さんのところへ行って言え、
すぐ来るようにおれが命じていると。（五幕二場九五―九六行）

Pet.
Sirrah Grumio, go to your mistress,
Say I command her come to me. (V. ii. 95–96)

するとキャタリーナは、すぐさま夫のもとに馳せ参じ、夫の求める「妻の鑑」を演じて彼を満足させ、一同を驚かせる。

さらにペトルーチオは、他の「不従順な妻」（一一九行）たちを連れてくるように妻に命じるが、彼女はそれもまた即座に実行する。その直後の、似合わない帽子を踏み潰すようにという命令に対しても、キャタリーナは何ら異議を唱えずに、すぐさま応じるのだ。このようにペトルーチオの言動は傲慢きわまりないが、彼女はその命令をすべて受け入れる。この一連のキャタリーナの言動は、三人の妻のなかで一番従順な妻の証拠だと表面的には解釈できるだろう。しかし後述するように、ペトルーチオの「馴らし」の過程とキャタリーナの長いスピーチを分析すると、彼女が心底従

順になったと解釈するのは余りに単純すぎることが分かる。

「新たにつくられた貞淑と従順な心」

キャタリーナの周囲の人々は、彼女の変化をどのように受け止めたのであろうか。バプティスタは本当に娘が変わったと信じて、キャタリーナを「もうひとりの新しい娘」（五幕二場一一四行）と呼び、喜びのあまり「別の持参金」（一一四行）を約束するほどだ。ルーセンショーは、キャタリーナの変化を「奇跡」（一〇六行）と受け止めるし、ホーテンショーはキャタリーナが「馴らされた」（一八八行）と考える。

それでは夫のペトルーチオは、彼女の言動をどのように考えているのであろうか。彼は、妻の変化を次のように説明する。

ペトルーチオ　いや、私はもう少し勝ち金を獲得してもいいくらいだ。
妻の従順な姿をもっとはっきりお見せしましょう、
彼女の新たにつくられた貞淑と従順な心を。（五幕二場一一六―一一八行）

Pet. Nay, I will win my wager better yet,

And show more sign of her obedience,
Her new-built virtue and obedience.　(V. ii. 116–18)

この台詞は賭けに勝利してすぐのもので、キャタリーナの長いスピーチの直前のものである。彼の言葉から、ペトルーチオが妻の「従順」のパフォーマンスを皆に披露しようと意図していることがうかがえる。「新たにつくられた貞淑と従順な心」という表現は、元来のじゃじゃ馬を彼女が捨て去り、貞淑で従順な女に変化したという意味とは考えにくい。むしろじゃじゃ馬の性質に、従順という要素が上塗りされたと解釈できるのではなかろうか。つまり、キャタリーナは従順な女性に見えるようになったが、その地金はそのままであるわけだ。

じゃじゃ馬の素地の上に従順が上塗りされたことを示すもうひとつの例は、最終場の未亡人とキャタリーナの会話に見受けられる。この名前をもたない「金持ちの未亡人」は、キャタリーナと同じくらい手ごわい女性で、ホーテンショーの結婚相手である。「じゃじゃ馬学校 (the taming-school)」(四幕二場五四行) に入学したホーテンショーは、親友ペトルーチオの手綱さばきを目撃していながら、みごと未亡人の「馴らし」に失敗しているのだ。事の発端は「めまい持ち」に関する未亡人の喩えに対して、キャタリーナが「めまい持ちには世の中の方が回って見える」とはどういう意味なのかを、未亡人に二度にわたって問いただすことにある。女ふたりのこの機知合戦(五幕二場

二七―三二行)というべきもののなかに、未亡人をやりこめようとする以前のじゃじゃ馬のキャタリーナが見え隠れする。(5)

要するに、キャタリーナと未亡人のこの機知合戦では、おとなしく従順な女性に変化したはずのキャタリーナにほころびが見えるのである。彼女が未亡人の言葉の真意に拘泥した理由は、キャタリーナをいまだじゃじゃ馬と思い込み、ペトルーチオが妻に閉口しているとする未亡人や世間の考えを打ち砕きたいからである。キャタリーナはじゃじゃ馬というレッテルを払拭したいがために、未亡人を前に従順、寡黙でいることができず、負けず嫌いの気性を覗かせたのである。ペトルーチオも妻に女らしい寡黙を奨励してはおらず、彼女がむしろ主張し勝つことに声援を送っているのである。

この「めまい持ち」の一件が、その後の賭けのきっかけをつくるのである。つまり新しく誕生したカップルのなかで、従順な妻を手に入れたのは誰かをめぐる三人の夫の競争に発展するのだ。

巧みなスピーチ

ペトルーチオは、「石頭の女たち」(五幕二場一三〇行)を引き連れて来たキャタリーナに、夫に対する妻の義務を説くように命じる。キャタリーナが夫の命令を引き受けるはずがないという未亡人の言葉を尻目に、彼は有無を言わさない口調で、これまでの訓練の成果の締めくくりを妻に要求す

図4　『じゃじゃ馬馴らし』の最終場面におけるペトルーチオ（ピーター・オトゥール）とキャタリーナ（ペギー・アッシュクロフト）。ジョン・バートン演出，ロイヤル・シェイクスピア劇場，1960年。

る。以前の彼女であれば、売り言葉に買い言葉で辛辣な言葉を投げつけ反抗したであろうが、キャタリーナは夫の意を汲み、夫への妻の努めを饒舌に四十四行にわたって語り尽くすのである（五幕二場一三六―七九行）（図4）。

キャタリーナの巧みな弁舌のレトリックを分析してみよう。彼女の最終場のスピーチは、夫と妻の関係が神と教会の関係に、さらには国王と臣下の関係に置換され、妻の夫への服従を説くものである。そのスピーチの内容は、およそ一週間前までじゃじゃ馬であったキャタリーナの言葉にしては、伝統的な古い結婚観に満ちている。

彼女のスピーチの特徴として、第一に

は言葉の羅列が挙げられる。たとえば夫を「主人、国王、統治者」(一三八行)と敷衍していく。さらに数行後で、夫を「命」、「保護者」、「かしら、君主」(一四六—四七行)と呼び、夫への畏敬の念を付加する。この彼女のレトリックには、家父長としての夫の権威を一段と高みに上げようという意図を読むことができよう。

対比的に「女らしさ」を強調するために、キャタリーナは、男が女に求めるものとして「愛、やさしい顔、真の従順さ」(一五三行)を羅列する。いわゆる女というジェンダーを連想させるこれら三点を彼女が獲得しているかどうかは判然としないが、とりあえずこれらを女の必要条件として列挙することによって、彼女の従順さを印象づける効果があろう。さらにキャタリーナは、「仕え、愛し、従う」(一六四行)や、女の体が「柔らかく、弱く、なめらか」(一六五行)だと立て続けに「女らしさ」を表現する語彙をスピーチに散りばめる。

一方で、彼女は従順の反対の言葉も羅列する。夫に従順でない妻は、「強情で、気難しく、不機嫌で、意地悪な」(一五七行)女であり、そのような妻は「反逆者」(一五九行)、「裏切り者」(一六〇行)だと過激に表現する。キャタリーナの劇前半の言葉が比較的シンプルであるのに対し、最終場のスピーチのなかの語彙は豊富で過剰、大袈裟なものとなっている点に、彼女の演技、従順を装うレトリックを見いだせるのではなかろうか。

スピーチの第二の特徴は、彼女にとって未経験なことをとうとうと述べ立てていることだ。妻が家でくつろいでいるときに、夫は妻のために身を粉にして寸暇を惜しんで働き、妻に求められるものは愛とやさしさと従順というくだり（一四六―五六行）は、結婚したばかりの彼女の経験に由来するものではない。その中身は夫と妻の役割に関する当時の説教書、道徳書、パンフレットなどに書かれているもので、父権的な結婚の言説である。男と女の役割のステレオタイプを流暢に語る彼女は、実感が伴わない頭のなかの道徳を雄弁に述べており、これはキャタリーナの真実の言葉ではなく、あくまでも受け売りにすぎない。借り物の言葉で妻の従順を陳述しているのであるから、これは単なる知識にすぎず、彼女の心情の反映ではないということだ。

キャタリーナが本当に従順な女になったのであれば、彼女はもっと慎ましやかに、言葉少なく、女らしく話したであろう。しかし現実の彼女は、ペトルーチオが予想したよりも多分ずっと長い、説得力のあるスピーチでみなを圧倒しており、彼女は寡黙どころか自己主張をしている。キャタリーナは言葉巧みに、流暢に、饒舌に言葉を操る。雄弁家としての資質は男の資質であり、キャタリーナのスピーチは「女らしさ」を脱構築しているのである。

後述するように、彼女のスピーチは里帰りの途中から続いていた「ふざけ」の一環と考えられるもので、ふたりの関係は表向きには父権的な夫と従順な妻に見えるが、実質は仲間意識（コンパニオンシップ）に裏づけられた対等な関係だと考えられる。キャタリーナが従順を演じていることは、ペトルーチオも暗黙に了解していると思われる。根っこは変わらないにしろ、社会のなかで生き抜く知恵を獲得したキャタリーナは、ユーモアと機知で世間を欺き、ふざける夫に追随する。以下では、キャタリーナがじゃじゃ馬を返上し従順を演じるようになった経緯を、ふたりの出会いから考察してみよう。

2　キャタリーナとペトルーチオの出会い

姉と妹の葛藤

「じゃじゃ馬（shrew）」というキャタリーナの表象には、もとの「ガミガミ女（scold）」という意味を超えて、不当なまでに悪い意味が付与されている。たとえば、キャタリーナは、「悪魔（devils, fiend of hell）」（一幕一場六六行、八八行）、「悪魔のお袋」（一〇五行）、また、「気ちがい」（三幕二場二四四行）などと表象される。彼女はまた、身体的障害を表す「びっこ」（二幕一場二五二行）や「腐ったりんご」（一幕一場一三五行）にも喩えられ、男が寄り付かないことが強調される。さらに妹の求婚者のひとりグレミオは、キャタリーナを娼婦扱いし、求婚するよりも娼婦の罰としての市中引き回しをしたいと述べるほどだ。

近代初期イングランドにおいては、女の舌は男のペニスに匹敵するものであり、舌をよく使う女は強い性欲の持ち主だとみなされた(6)。従って、キャタリーナが娼婦や悪魔というレッテルを貼られるのは、性的にふしだらな女という連想も働いているのだ。キャタリーナの舌、つまり言葉は、父権制の秩序を脅かすものとして危険視されたわけである。実際、キャタリーナは、父権制社会の規範に服従することをよしとしないフェミニスト的な考えを吐露している。

キャタリーナ
私には分かっています、女というものは
反抗する精神がないとばかにされることが。（三幕二場二二〇—二一行）

Kath.
I see a woman may be made a fool,
If she had not a spirit to resist. (III. ii. 220–21)

このように、女らしくなく、気が強く、支配的で反抗する劇前半のキャタリーナは、多分に「フェミニスト」的要素をもっている。
このようなキャタリーナと対比的な描かれ方をしているのが、妹のビアンカである。ここでビアンカについて考えてみよう。劇序盤で姉のために家に閉じ込められ、求婚者たちとの「面会禁止令」（一幕一場一三五―三六行）が出されたビアンカは、父や求婚者たちに対して、書物と楽器を友として読書と音楽に励むと公言する。この台詞には、父への従順さを求婚者たちの前でひけらかしている面がうかがえるが、この言葉を聞いたルーセンショーは、ビアンカをローマの知恵の女神「ミネルヴァ」（八四行）に喩え、理想の女性と賛美する。ルーセンショーにとっては、ビアンカの「寡黙」（七〇行）は、まさに乙女にふさわしい、つつましい物腰と映るのだ。ビアンカのもうひとりの求婚者ホーテンショーも彼女を「宝石」（一幕二場一一九行）と称賛するが、求婚者たちのロマンティックなビアンカ像は、実際のビアンカとあまり一致してはいない。

たとえば、ビアンカは自分の時間割を自分で決めることを主張する主体性をもっているし、多くの求婚者のなかから自分の好きな男性を選んで自由な恋愛をし、秘密に結婚するという、いわば「友愛結婚（companionate marriage）」[7]ともいうべき主体的な結婚をする。また結婚後の彼女は、賭けの場面が示すようにみごとなじゃじゃ馬ぶりを発揮する。しかしながら、ビアンカは表面的には姉に比べると静かで、姉と違って人とのコミュニケーションをうまく取ることができる要領のよい娘である。姉のように暴言を吐かず、静かで女らしく、ぶりっ子であるビアンカの存在は、キャタリーナのじゃじゃ馬ぶりを一層際立たせ、彼女を凶暴にしていく要因となっているのだ。

キャタリーナの暴言や暴力の一番の被害者は、ビアンカである。キャタリーナの暴力は、従来、問題にされていないが、彼女を知る上で重要なサインである。

ビアンカ　お姉様、私だけでなくご自分も侮辱されるのは
おやめになって、妹をまるで女奴隷みたいにして——
いやしいやり方ですわ。このつまらない飾りのことでしたら、
手をほどいてくだされば、自分でもぎとりますわ。
着物も下着も、何でも脱ぎすてますし、
お姉様のお言いつけなら何でもいたします。
私は目上の人への義務は心得ていますから。（二幕一場一—七行）

Bian. Good sister, wrong me not, nor wrong yourself,
To make a bondmaid and a slave of me—
That I disdain; but for these other [gawds],
Unbind my hands, I'll pull them off myself,
Yea, all my raiment, to my petticoat,
Or what you will command me will I do,
So well I know my duty to my elders. (II. i. 1–7)

姉が自分を「女奴隷」扱いすることに抗議したビアンカのこの言葉は、キャタリーナが妹にこれまで言葉の暴力および身体的な暴力をふるってきたことを示唆する。この場面でもキャタリーナは妹の手を拘束し、ビアンカの付けている服飾品を安ピカものと非難している様子だ。目上であるキャタリーナの命令には従うと媚びるビアンカの口調から、姉が妹を支配する様子が見られ、姉妹の関係は緊張を孕んでいる。また、キャタリーナの「求婚者のうちで誰が一番好きか」という詰問(八—九行)には、男性の人気者である妹への嫉妬を読み取ることができる。この後キャタリーナはホーテンショーと金持ちのグレミオの名前を挙げて、妹の真意を執拗に問いただそうする。妹は姉の嫉妬を「冗談」(一九行)と思うが、そのような安易な考えの妹を殴る彼女の行動(二二行)には、やり場のない鬱積した感情が込められている。

父バプティスタは、暴力をふるわれたビアンカにやさしい愛の言葉をかけ、一方キャタリーナを悪魔と呼んで叱責する。妹びいきの父の言動は、キャタリーナの妹いじめをますます助長するだけだ。ビアンカをいじめる理由を父から詰問されたキャタリーナは、妹の沈黙が癪に障り、仕返しをしたい、と答えている(二七—二九行)。つまりキャタリーナは、多くを語らない「賢い」ビアンカにずる賢さを読み取っているのである。妹の寡黙が、世間にキャタリーナのじゃじゃ馬ぶりを際立たせ、彼女の逸脱を印象づけるからである。父や周囲の人々は、キャタリーナに魔女、娼婦のレッテルを貼り付け、一見おとなしく見えるビアンカを女神、理想の乙女とみなし、姉妹にステレオタイプの女性表象を当てはめ、ふたりを分断しているのである。キャタリーナは、そのことに傷つき、苛立ち、仕返しをしたい気分に追い込まれるのだ。

結婚へのこだわり

キャタリーナは結婚する意図はないと宣言するにもかかわらず、妹に求婚者のことを根掘り葉掘り尋ねており、結婚へのこだわりが人一倍強いことは注目すべきだ。彼女は、妹が父の「宝もの」であるのに対して、自分は父の愛を受けずに未婚のまま死ぬ運命であることを嘆く。

キャタリーナ　　　　　　　　　　ええ、分かったわ。
妹はお父さまの宝もの、いい夫を見つけなければいけないのね。
その結婚式に私は裸足で踊るわ、
お父さまがあの子ばかり可愛がるから、私は地獄へ猿を引いて行くのよ。
もう何もいわないで、私はひとり泣いています、
いつかこの仕返しをする機会を見つけるときまで。（二幕一場三一―三六行）

Kath.　　　　Nay, now I see

She is your treasure, she must have a husband;
I must dance barefoot on her wedding-day,
And for your love to her lead apes in hell.
Talk not to me, I will go sit and weep,
Till I can find occasion of revenge. (II. i. 31–36)

キャタリーナのこの言葉は、彼女が父の愛を必死で求めていることを示しており、じゃじゃ馬の彼女のものとは思えない切ないものである。「裸足で踊る」というのは、妹が先に結婚したときに、姉が裸足で踊る慣行を指す。「地獄へ猿を引いて行く」は、結婚した女が子供たちを天国に導くのに比べて、未婚のまま死ぬ女は猿を地獄に案内するというもので、「一生独身をとおす」意味である。(8) キャタリーナは一生シングルで過ごすかもしれない自分に苛立ち、泣き、仕返しするとまで語っているのだ。結婚を拒みながらも結婚願望を抱くキャタリーナの心は、複雑、微妙で葛藤に満ちている。

彼女の結婚へのこだわりを示すもうひとつの例は、ペトルーチオが結婚式当日姿を現すのが遅くなり、結婚できなければ自分の恥だと考えて泣く場面にも見られる。

キャタリーナ

世間の人はかわいそうなキャタリーナと指さして、
「ほら、気ちがいのペトルーチオの妻だ、
それもあいつが式をあげにやってくればのことだが」っていうわ。

（三幕二場一八—二〇行）

Kath.

Now must the world point at poor Katherine,
And say, "Lo, there is mad Petruchio's wife,
If it would please him come and marry her!"　(III. ii. 18-20)

このとき彼女は自分のことを「かわいそうなキャタリーナ」と形容し、婚約が破棄されたときの自分の惨めさを想像し、涙を流しているのである。じゃじゃ馬のキャタリーナは意外にも世間体に囚われており、彼女の心のなかには当時の普通の女性と同じように、結婚へのこだわりが巣食っているのだ。

このように結婚に拘泥しているキャタリーナは、自分への求婚者が皆無であることに傷つく。

ホーテンショーは、キャタリーナのじゃじゃ馬ぶりを批判し、もっとしとやかにならないと夫が見つからないだろうと彼女を皮肉る(二幕一場五九—六〇行)が、彼の言葉は当時の結婚の言説を表すものだ。ホーテンショーによれば、女はやさしくおだやかでないと結婚できないのであり、キャタリーナはじゃじゃ馬が矯正されない限り、生涯シングルで過ごすことになるわけだ。妹が女らしさを自然に獲得し、みなから愛され、コミュニケーションのスキルを会得しているのに対して、キャタリーナはそのような器用な生き方ができない。

彼女の複雑な心境は、誰にも理解されず、父はじゃじゃ馬のキャタリーナを厄介者扱いするばかりで、彼女の苦しみを察することはない。母が「非在」のこの家で彼女の味方は皆無であり、キャタリーナは孤立無援の状況にあるのだ。父、妹、自分という家族のなかで、また地域のなかで、誰からも受け入れられないキャタリーナの心は深く傷ついている。

居場所のないキャタリーナの立場を象徴的に示すのは、姉妹の喧嘩の後、父は姉を外に、妹を家に入れ、ふたりを分断するところだ。キャタリーナは家に入りたがっている(一〇二行)にもかかわらず、父は彼女を受容していない。つまり、それはキャタリーナが家族の一員に成りえていないことを示唆しているのだ。バプティスタは、仲の悪い姉妹を分断することでなんとか平和を維持しようとしており、父権制は機能不全の状態にある。家父長としてキャタリーナを服従させることができなかった弱い父は、その悲しみを吐露する(二幕一場三七行)だけで、何ら解決策を講じることができない。

キャタリーナと「結婚するために生まれた男」

求婚に来たペトルーチオは、キャタリーナのじゃじゃ馬ぶりにもかかわらず、彼女の発言を決して否定せず、彼女のすべてを受容する。九八行に及ぶふたりの機知合戦（二幕一場一八二―二七九行）は、性的会話を交えながら面白おかしく展開する。ペトルーチオは彼女の毒舌を受けて言葉巧みに応酬し、それに対して舌の回りの速いキャタリーナは、また逆襲する。

初めて話をしたふたりは、ともに言葉遊びをし、洒落や地口や性的な隠喩のある会話を楽しんでいる。ペトルーチオはキャタリーナのおよそ女らしくない毒舌を面白がっているし、キャタリーナも彼に興味を抱いているように見える。キャタリーナは彼の気のきいた台詞に興味をもち、どこで覚えたのか尋ねるほどだ（二六二行）。ペトルーチオは、キャタリーナのじゃじゃ馬的な発言も意に介することなく、彼女と「結婚するために生まれた男」（二七二―七八行）と殺し文句を述べ、運命的な出会いを強調する。彼はキャタリーナのすべてを受容し、思い切り誉めて彼女の心の扉を開いたといえないだろうか。

たとえばペトルーチオは、キャタリーナが美しく頭がよくやさしく、恥ずかしがりやといえるほどおとなしく、物腰はつつましいと父親に公言する（四八―五〇行）。さらにまた、彼女を忍耐強い

「グリセルダ」（二九五行）、「貞節にかけてはローマの妻の鑑ルークリース」（二九六行）だと絶賛する。この発言は、現実のキャタリーナを表象するものではないが、しかしすべての人のなかで彼だけがキャタリーナを全面的に支持する側にいることが、居場所のなかった彼女にペトルーチオとの結婚を承諾させたのではなかろうか。彼女はこれまで父や妹をはじめ周囲の人々から非難、批判され罵倒されることはあっても、称賛されることは皆無であった。嘘でも誉められることは、キャタリーナが一歩前進する勇気づけになったと考えられる。

ペトルーチオは、バプティスタも世間もキャタリーナを誤解していると語ることによって、彼女の新しい可能性を示唆する。

ペトルーチオ
もし彼女がじゃじゃ馬としても、それは深い配慮があってのことです。
強情どころか鳩のようにおとなしいし、
怒りっぽいどころか、明け方のように穏やかです。（二幕一場二九二―九四行）

Pet.
If she be curst, it is for policy,

For she's not froward, but modest as the dove;
She is not hot, but temperate as the morn;　(II. i. 292–94)

じゃじゃ馬ぶりは世の中を欺く手段という彼の意見は新鮮であるし、ある意味で核心を突いている。自分自身と折り合いがつけられない彼女の気持ちを、ペトルーチオはよく理解しているのだ。ペトルーチオが、人前ではあくまでじゃじゃ馬で通そうと、ふたりの間で取り決めをしたと弁解するのも、キャタリーナの心理をうまく代弁した言い方である。キャタリーナは、このように彼女のばつの悪さをうまくカバーする彼の策謀に異議を唱えていない。彼女の気持ちに先手を打っていくペトルーチオの配慮は見事であり、乱暴な装いの影に繊細な心が覗く。これまで彼女が出会った男には、ペトルーチオのようにじゃじゃ馬を受け入れる度量のある男はいなかった。ペトルーチオはキャタリーナに悪態をつかせながらも決して逆らわず、彼女の口を封じることはしない。逃げ腰の男たち（父も弱腰である）ばかりのなかで、ペトルーチオだけが正面からキャタリーナにぶつかり、後述するように時間とお金をかけて彼女と真正面から向きあったのである。

ペトルーチオが、すべてを受容する柔軟さ以外に、誰にも負けない強さをもっていることは彼の強みであるし、魅力でもあろう。キャタリーナとペトルーチオは癇が強く似た者同士であり（四幕一場一七四行）、ふたりの地金は似ているが、ペトルーチオは「烈風」（二幕一場一三五行）で、キャタリーナの「炎」(一三五行)を吹き消してしまうほど強大だ。彼は荒っぽいので赤ん坊のような口説き方はしない(一三七行)と表明しているが、キャタリーナはこのような強引な彼の求婚に圧倒され結婚に同意した形だ。

しかし、彼女は結婚式にいっこうに姿を現さないペトルーチオに、業を煮やすことになる。

キャタリーナ　ああ、あんな男に会わなければよかった!　(三幕二場二六行)

Kath.　Would Katherine had never seen him though!　(III. ii. 26)

「あんな男に会わなければよかった」とペトルーチオに巡りあったことを後悔する口ぶりには、彼女が彼に惹かれている心のうちが覗く。キャタリーナの結婚は表向き父親が決めた結婚ではあるが、父の希望通りペトルーチオはキャタリーナの心を手に入れているのだ。近代初期イングランドの時代には、子供は父の決めた結婚相手にある程度拒否権をもっていたと考えられるが、[9]いつも自分の考えを声高に主張してきたじゃじゃ馬の彼女が、結婚を拒否していないことは重要だ。

キャタリーナは初めて自分の思い通りにならない人間、男に出会ったのである。彼女は父親や妹をこれまで暴力をふるうことで思い通りにしてきたが、初めて巨大な壁にぶつかったのである。ペ

図 5　披露宴への出席を断って，強引にキャタリーナを連れ出すペトルーチオ。フランシス・ホィートリー，RA 画。

トルーチオは彼女の予想を裏切る行為を連発することで彼女を戸惑わせるが、非常識な彼の言動はある種の魅力を放っていることも事実であろう。バプティスタが弱い父親像を呈していることもあり、キャタリーナが強い男性に憧れることは不思議ではない。

3　従順を演技する行為

ペトルーチオの戦略

キャタリーナを「野性のケイト」(二幕一場二七七行) から「家庭的な従順なケイト」(二七七—七八行) へ変化させるために、ペトルーチオはさまざまな戦術を用いる。

最初の戦術は、間髪を入れずに「馴らし」を実行するというものだ。披露宴が始まろうとするそのときになって、ペトルーチオは妻と自分は急用で出席できないと言い張る(図5)。ペトルーチオは、キャタリーナを馴らすには最初が肝心という信念のもとに、父親や他の者たちから彼女を引き離す必要性を認識しているのだ。彼はバプティスタの頼みも断り、キャタリーナの懇願もうまくかわして、馴らしを実行するために自分の屋敷へと向かうのである。

第二の戦術は、彼の独白で明かされる。

ペトルーチオ　こうして夫の支配権をうまく確立し始めたから、
うまくいくことだろう。
私の鷹は、いまのところお腹をすかしてイライラしている。
たまらなくなって餌に飛びつくまでは、たっぷり食べさせてはならない。

(四幕一場一八八—九一行)

Pet. Thus have I politicly begun my reign,
And 'tis my hope to end successfully.
My falcon now is sharp and passing empty,
And till she stoop, she must not be full-gorg'd, (IV. i. 188–91)

彼は亭主の支配権を確立するために、鷹匠が野生の鷹を飼いならすときの手法を用いる計画を立てているのだ。それは鷹同様に妻に食事を与えず、眠らせないという過酷な手段であるが、ただペトルーチオも食べず眠らずという同じ行動をとるので、彼が一方的に妻を調教しているのではない。また、近代初期イングランドにおける結婚において、自己主張の強いわがままな妻を矯正することが家父長としての夫の義務であった[10]ことを考慮すれば、ペトルーチオの取ったこの戦術は許されるであろう。

第三のペトルーチオの戦術は、じゃじゃ馬をじゃじゃ馬でもって制する(一八〇行)ものだ。ペトルーチオは、この戦術を結婚が決まった直後から使っている。教会の結婚式でのペトルーチオは、グレミオにいわせれば、「悪魔、悪魔の親分」(三幕二場一五五行)であり、彼に比べればキャタリーナは「子羊、鳩、阿呆」(一五七行)だ。ペトルーチオのじゃじゃ馬ぶりは、彼の屋敷への帰途でも発揮され、人に哀願したことのないキャタリーナは哀願せざるをえない状況に追いやられる(四幕一場七九―八〇行)。

屋敷に到着するやいなや、罵詈雑言で召使に当たり散らし暴力をふるう夫を前に、キャタリーナは水をこぼした召使をとりなす行動に出る(一五六行)。また、焦げた肉をもってきたと難癖をつける夫に対しても、彼女は興奮しないように頼む(一六八―六九行)。これらは反面教師として振る舞う夫を前に、キャタリーナが自分の今までの言動を反省する契機となっている。召使が支度したベッド、帽子屋の帽子や仕立て屋のガウンに関しても、ペトルーチオは故意に言いがかりをつけて、これらのものが花嫁にふさわしくないと文句をつける。ペトルーチオは、妻の「気ちがいじみた強情な気質」（二〇九行）を馴らすために、「情けをもって妻を殺す道」（二〇八行）を選んだと独白している。キャタリーナは、自分よりもじゃじゃ馬ぶりを発揮する夫を相手にしたときに（八五行）、夫をなだめる側に回る。キャタリーナのこのような言動はこれまでなかったものであり、ペトルーチオは反面教師として振る舞うことで、このような反応を妻から引き出したのである。

馴らすという行為には、教育的な配慮がある。ペトルーチオが馴らす過程は、キャタリーナが学習する過程でもある。ペトルーチオはキャタリーナに人とのコミュニケーションで大切なことをふたつ教える。すなわち、人にものを頼むことと礼を述べることである。何不自由なく育ったキャタリーナは、これまで人にものを頼むことがなかったことを述懐する。

キャタリーナ
　でも、今まで人にものを頼むことを知らなかった私が、
またそのような必要もなかった私が、
食べさせてもらえず死にそう、眠らせてもらえず目もくらみそう。（四幕三場七―九行）

Kath.
But I, who never knew how to entreat,
Nor never needed that I should entreat,
Am starv'd for meat, giddy for lack of sleep,　(IV. iii. 7–9)

何も食べさせてもらえないキャタリーナは、ひもじさのあまり、ついに召使に食べ物を請う行動に出る。ペトルーチオは食べ物を与えないことで、キャタリーナの高慢さを打ち砕くのである。頼むことは、ペトルーチオが前から妻に習得してほしいことのひとつであった(三幕二場二〇二行)のだ。

もうひとつ彼がキャタリーナに学習してほしかったことは、礼をいうことだ。ペトルーチオはお腹をすかせたキャタリーナに、自分でつくった料理をもってきて、どんな親切に対しても礼をいうべきだと妻を諭し、彼女から「ありがとう」という言葉を初めて引き出すのである(四幕三場三九—四七行)。こうしてペトルーチオは食べさせず眠らせないという非情ともいえる手法を用いて、妻に人間として大切なことを訓練しているのだ。ペトルーチオがキャタリーナへとった戦術は、並外れた、彼女の予想もつかないものであり、彼女のわがままはこれによって影を潜める。彼女は対人関係において頼むこと、礼をいうことの大切さなど、人とのコミュニケーションの基礎を夫から教え込まれたのである。

従順を測るテスト

キャタリーナが従順な妻を装うのは、いつからであろうか。仕立て屋や帽子屋との対話では、ペトルーチオは妻が自分の好みを主張することを一切認めず、強引に自分に服従させた。時間とお金をかけてしっかりと教育するペトルーチオの行為は、筋金入りだ。この後すぐに里帰りをすることになるが、七時だというペトルーチオに今は二時だとキャタリーナが主張したために、夫の怒りを初めて招く。「逆らう」(四幕三場一九三行)妻に対して、ペトルーチオは時刻が自分のいったとおりだと認めるまでは里帰りをしないと宣言し、ホーテンショーのいうように太陽までにも命令しかねない迫力を示す。やっと里帰りの旅に出発したところで、ペトルーチオは早速、妻にテストを課す。月だという夫に逆らって、キャタリーナが月ではなく太陽だと言い張ると、月でなければ今すぐ旅を中止すると彼はごねる。

結局、怒り心頭に達した夫に対して、キャタリーナはホーテンショーの忠告もあり、これからはすべて夫の主張を認めることを宣言する。

キャタリーナ
　それが月でも、太陽でも、何でもあなたのお好きなように、
　もしそれをロウソクとお呼びになりたいのでしたら、

これからはその通りだと私も断言します。（四幕五場一三―一五行）

Kath.

And be it moon, or sun, or what you please;
And if you please to call it a rush-candle,
Henceforth I vow it shall be so for me. (IV. v. 13–15)

このキャタリーナの台詞は、今後夫の言葉に逆らわないと表明する画期的なものである。彼女は夫から何をいわれても、夫の言葉をすべて飲み込むことに同意したのである。彼女はさらに続ける。

キャタリーナ
月も変わりますわ、あなたの心と同じように。
あなたが名前をつければ、何でもその通りになります、
そうなれば、キャタリーナもそのように呼びます。（四幕五場二〇―二二行）

Kath.

And the moon changes even as your mind.
What you will have it nam'd, even that it is,
And so it shall be so for Katherine.　(IV. v. 20-22)

キャタリーナは、夫が太陽や月に勝手に名前をつけることを認めたのだ。時間、太陽や月など、宇宙の大前提となる事柄をあえて捻じ曲げることに同意したこの場面は、キャタリーナの大きな転換点である。この一大決心の表明の後からは、彼女は夫に反抗することはない。キャタリーナが二度と夫に口答えをしなくなったのは、彼女の自由意志であり、そのほうがいいと彼女が判断したからにほかならない。

キャタリーナの決意を聞いたペトルーチオは、早速、彼女の従順度を測るテストをする。ペトルーチオは出会った老人ヴィンセンショーをうら若い美しい乙女と呼び、キャタリーナにその美しい乙女を抱くようにというのだ。興味深いことに、キャタリーナは、夫の命令を上回る言動をここで勝手に披露する。彼女はその乙女を抱くだけではなく、言葉を尽くして積極的にその美を称え、このような乙女をもつ両親の幸せ、さらにはその乙女を妻にもつ男の幸福を流暢に語る。夫が要求する以上に過剰なまでに誉め称え、大袈裟に話している彼女は、自分を抑え我慢して従っているというより、むしろこれを楽しんでふざけているように見える。ヴィンセンショーが面白がって述べるように、キャタリーナは「ゆかいなおくさん」(五三行)であり、彼女は夫に従いながらも快活であり、主体的な印象を与えるのだ。

ペトルーチオ自身も、ふたりの掛け合いを「ふざけ」(四幕五場七六行)とヴィンセンショーに説明している。ペトルーチオが大袈裟にごねていれば、キャタリーナもそれに便乗して過剰に従ってみせる。嘘だと誰でも分かることを歪曲してあえて黒を白というのは、ふざけ以外の何ものでもない。しかしながら、この「ふざけ」を通して、ペトルーチオは妻に条件反射的に夫に従うように訓練を施しているのだ。ペトルーチオは、夫の言葉に決して逆らわないという型を妻に教えていく。つまり、家父長としての夫を立て、ただ黙って従うという行為を重ねることで、彼女の道筋がつけられ、よい結果が生まれると考えているのだ。「時間」、「太陽と月」、「老人と娘」という三つの出来事を通して、ペトルーチオはキャタリーナに従順に振る舞うという型の徹底訓練をしたのである。

最後にペトルーチオが課したテストは、往来でのキスである。妹夫婦の秘密結婚に興味を抱き、その結果を見ようと提案する(五幕一場一四二行)キャタリーナに、夫は往来のまんなかでキスを命じる。キャタリーナは恥ずかしいといって躊躇するが、これは彼女が従順を装っているだけで、根底から変わったわけではないことを露呈するものでもある。キャタリーナは結局ここで初めて自分の方からキスをする羽目になるが、ペトルーチオは、どうせやらないといけないなら早くやるほうがいいと諭す。彼は、この行為によって妻の「条件反射」を確立した。こうして四回目のテストで、キャタリーナは即実行、つまり夫にすぐに従うことを学習し、これが最終場の賭けの勝利につながったのである。彼女は四回もの反復練習を積み重ねることで、即実行することの大切さを学んだのである。

「従順を演じる」ことの意味

従順を演じるキャタリーナを受容するペトルーチオの父権観は、どのようなものであろうか。近代初期イングランドの父権制は、支配する男／抑圧される女の二項対立的な構造で説明されがちであった。スティーヴン・オーゲルは、イングランドに実在した男装の女たちと男のように振る舞った女たち——たとえばペネローペ・リッチ、ベス・オヴ・ハードウィク、メアリー・フリス——を引き合いに出し、当時の父権制が必ずしも女性を抑圧する一枚岩的なものではなかったと指摘する(11)。もし一枚岩ならば、男らしい女たちを抑圧するであろうと彼は論じる。父権制は安定した社会システムではなく、多様に変化するジェンダーの可能性によって性的境界を侵犯され、転覆の脅威にさらされるなど、内部にはいろいろの矛盾を孕んでおり、重層的で動的であるというのが彼の考えだ。このことを考慮すると、ペトルーチオが具現する父権制も、女性を縛り抑圧するものというより、むしろキャタリーナを活かす方向であったと考えられるのではなかろうか。

ここで、キャタリーナが従順を装うことは、どのような意味をもつのかを考えよう。フランスのエクリチュール・フェミニンの理論家、リュース・イリガライは、「擬態もしくは模倣（mimeticism）」の概念を打ち出し、女に割り当てられた道は、模倣しかないと主張する。女はこの役割を故意に引き受けることで、「従属を主張へ転ずることになり、それによって、従属の裏をかく取っかかり」[12]とすることができると論じる。要するに、「模倣を演じることとは、女にとっては言説のなかへ還元されずに、言説が搾取するその場を見いだそうとすること」なのである。このことを勘案すると、キャタリーナの従順は、まさにイリガライの提唱する「模倣」だと解釈できるのではなかろうか。[13]イリガライ流にいえば、彼女は従順を巧妙に演じることで、そのような役割のなかに簡単には吸収されてしまわずに、言説が搾取する場を見据え、彼女自身は他の場所に留まることができるのである。キャタリーナは、バプティスタの跡継ぎとして、そして何よりもペトルーチオの妻として共同体で尊敬される「しとやかな貴婦人」（四幕三場七〇行）の立場を獲得する。最終場の彼女は、すでに女のリーダーとしての地位すら獲得しているように思える。

しかしながら、キャタリーナの従順が演技であったとしても、彼女の言動は父権制の再生産に寄与するという批判があろう。筆者は、彼女の選択肢としてはこうする以外になかったと思う。他人に対して心を開かせ、社会とのつながりを促したペトルーチオとの結婚は、居場所がなかった彼女の突破口となったと考えられる。個人と社会、どちらが重要視されるべきかを判断するのは容易ではない。しかし、彼女の結婚前の抑圧的な心理状態を考察すると、彼女の個人としての幸福を祝福せざるをえないだろう。

クレオパトラや『ハムレット』のガートルードのように、女王や王妃としての権力を掌握している女性も魔女や娼婦と呼ばれたが、そのレッテルは彼女らにとって致命的なものではない。しかし、権力や地位をもたない女たちは、男と同じ行動を取ると非難され、蔑まれ、第六章でみる『テンペスト』のシコラクスのように、魔女や娼婦として徹底的に排除される。キャタリーナは、女らしい帽子やガウン、下着を欲しがる普通の娘にすぎない。高い地位も権力ももたない娘が取ったこの選択を批判することは、誰にもできないであろう。キャタリーナの前には、従順を模倣する道しか残されていなかったのである。

最後に、『じゃじゃ馬馴らし』のもうひとつの問題点である、この劇と「序幕」のつながりを考察したい。「序幕」で酒に酔った鋳掛け屋スライを見つけた領主は、小姓にスライの「従順な妻」を演じさせる。小姓が演じた従順な妻は、スライに次のように語る。

小姓　私の夫にして殿さま、私の殿さまで夫、
　私は、あらゆる点であなたの従順な妻でございます。（序幕二場一〇六—一〇七行）

図 6　序幕で，鋳掛け屋スライをからかう領主とその従者たち。ロバート・スマーク，RA 画。

Page. My husband and my lord, my lord and husband,
I am your wife in all obedience.
(Ind. ii. 106–07)

この小姓の「あらゆる点であなたの従順な妻」という言葉は、キャタリーナが意図的に演じた、夫に従順な妻と呼応している。結局、小姓の台詞はキャタリーナのスピーチのエッセンスで、彼女のスピーチの内容は、「あらゆる点であなたの従順な妻」という小姓の言葉を長々と四十四行にわたって敷衍したものだ。

　キャタリーナが本当に従順な妻となったのではなく、単にそれを模倣していたと考えれば、小姓とキャタリーナの果たした役割は重なり、「序幕」とキャタリーナ／ペトルーチオの物語はうまくリンクされる。さらに、キャタリーナを舞台上で演じたのが少年俳優であることを考えると、小姓とキャタリーナの距離は、一層近いものとなる。作者不詳の『ジャジャ馬馴らし』(*The Taming of a Shrew*)[14]と異なって、『じゃじゃ馬馴らし』では、スライは「序幕」と劇の最初に出るだけで、劇の最後には登場しない。そのことを勘案すると、『じゃじゃ馬馴らし』はスライの見た夢物語(図6)であって、女を本当に従属させることは不可能に近く夢物語にすぎないのだ、というシェイクスピアのメッセージを読み取ることも可能であろう。

第三章
王妃ガートルードとオフィーリア
『ハムレット』Hamlet

ハムレットの母ガートルードと恋人オフィーリアは、『ハムレット』におけるただふたりの女性登場人物であるが、三、五〇〇行余りというシェイクスピア最長の作品であるにもかかわらず、彼女たちの言葉は極めて少ない。そのためもあってか、フェミニズム批評が登場するまで、彼女たちが脚光を浴びることはなかった。オフィーリアはハムレットとの関係で論じられることはあったが、ガートルードはキャロリン・ハイルブラン(1)が本格的に論じたのが初めてであり、ふたりの女たちは伝統的保守的な男性批評家によってあくまでも主人公ハムレットの「添え物」としてしか論じられることはなかったのである。

『ハムレット』が著わされた頃の近代初期イングランドの父権制は、支配する男と抑圧される女といった二項対立的で硬直したものではなく、重層的で動的であった。(2)また、中世以来の伝統的な女性観は、プロテスタンティズムによる進歩的な新しい女性観によって揺らいでもいた。しかし一方で、ジェンダー・イデオロギーに組み込まれない性的に自由な女たちは、悪い女、逸脱した女として非難され、「娼婦」や「魔女」の烙印を押されることがあった。(3)(4)女のセクシュアリティを閉じ込め抑圧しようとする動きは、説教書、道徳書、行儀作法書、パンフレットなどに散見される。

本章では、周囲の男たちからセクシュアリティを抑圧されながらも自由に生きたハムレットの母ガートルードと、セクシュアリティを封印せざるをえなかったハムレットの恋人オフィーリアの女性表象を論じるが、ふたりの女たちの女性表象が男たちによってつくられていることと、カップルの愛や性がいかに政治性を帯びているかを探る。

1 ガートルードの女性表象

先王との「父権的な結婚」

ガートルードは、息子ハムレットや前夫の故ハムレット王、そして現王クローディアスの思いを一身に背負った重要な人物であるが、その言葉はきわめて少なく、不透明で分かりにくい存在である。しかしながら、これら三人の男たちの物語を紐解くと、彼女の物語が浮かび上がってくる。ここではガートルードと先代ハムレット王との関係を、まず考えてみよう。
王子ハムレットは、仲睦まじいカップルと見えた両親に思いを馳せ、父は母を深く愛するゆえに空から吹き下ろす風がその顔に強く当たることを許さなかったと父の母への深い愛情に言及する。

ハムレット
立派な国王だった。今の工に比べると
太陽神とけだもの。あんなに母を愛し、
天から訪れる風が母の顔に強く当たるのさえ
許さぬほどだった。（一幕二場一三九―四二行）

Ham.
So excellent a king, that was to this
Hyperion to a satyr, so lɔving to my mother
That he might not beteem the winds of heaven
Visit her face too roughly. (I. ii. 139–42)

しかし、この回想を単純に夫の妻への愛の証しと解釈するのは適切であろうか。ハムレット王は、息子によって太陽神アポロ、偉大なジュピター、敵を威嚇し味方を指揮する軍神マーズ、知恵の神マーキュリーという神々に喩えられ、「人間の鑑」(三幕四場六〇行)と称賛される。それはハムレット王が英雄、男のなかの男、父権制の長にふさわしい男であったことを裏づける。女を風に当てないのは、女を庇護する「男らしい」男の態度であり、伝統的な父権主義的価値観を抱くハムレット王とその息子がよしとするものである。

歴史家のキース・ライトソンによれば、十六世紀後半に、それまでの「父権的結婚」とは異なる「友愛結婚」、つまり夫婦の愛情に基づく結婚が提唱されているが、(5)ふたりの結婚は前者の「父権的結婚」に分類されるであろう。ハムレット王は、妻を保護し、導き、慈愛を注ぐ権威主義的な夫であったと推測できる。彼はガートルードを守る囲いであるが、しかし同時に彼女の自由を束縛する抑止力でもある。息子の眼には愛し合うカップルと映ったふたりには、夫を家父長とする抑圧的な支配関係が働いており、ガートルードはハムレット王をかしらとして従属し、夫から愛される付属物、飾りであったと思われる。

ガートルードの亡夫への愛の言葉や彼を失った悲しみの言葉は、テクスト中に皆無である。ハムレットが父の思い出に浸るのとは対照的に、ガートルードは劇中劇の王妃を想起させるように早々と再婚してしまう。このことを亡霊は、「貞節の鑑と見えていた王妃」(一幕五場四六行)が堕落した顚末として、「貞淑な女」(五三行)は淫らな情欲が神々しい姿を借りて言い寄っても心を動かさないのに、ガートルードは「淫らな女」(五五行)であったために誘惑されたと語る。亡霊は自分を光り輝く天使に喩え、そのベッドを天国のイメージで表現する。一方、弟をごみ溜めに喩え、弟と「寝た」ガートルードを堕落した、ごみ溜めを漁る「淫らな女」と表象し、悪い女として彼女に否定的なイメージを植えつける。

現王との「友愛結婚」

デンマークの王位はハムレットの「選挙」(五幕二場六五行、三五五行)という言葉が示すように、世襲ではなく貴族たちの推挙によって決まる仕組みであったから、もしガートルードがクローディアスとの結婚を望まなければ、ハムレットが王に選ばれたであろう(6)。クローディアスは、先代の王妃との結婚によって宮廷全体の同意を得て王位を獲得したのだ。つまり、ガートルードの動向が、王の選挙に影響したのである。彼女が、息子ではなくクローディアスを王に選択したことは、母としてよりも女として生きようとする、当時としては逸脱した行為であろう。

王冠と野心と妃のために兄殺しをしたとするクローディアスの告白(三幕三場五二―五五行)から、彼が王冠のためだけではなく、ガートルードを奪うために王殺しを企てたことが分かる。ガートルードが王の生前からクローディアスと性的関係をもっていたかどうかに関しては諸説あるが、彼は自分が王位に就けるという程度の自信がなければ、兄殺しをするという危険な賭けにはでなかったであろう。クローディアスは、事を起こす前に兄王がいなくなればガートルードが自分と結婚してくれるという感触を得ていたはずだ。だからこそ、クローディアスとガートルードの「早すぎた結婚」(二幕二場五七行)が実現したのだ。

クローディアスは、妻ガートルードの存在意義をレアティーズに告白する。

国王　……私にとっては
それがいいのか悪いのか分からないが、
王妃は私の命と魂に深く結びついている。
星が軌道を離れては動かないように、
私も王妃なくして生きてはいけない。(四幕七場一二―一六行)

King. . . . , and for myself—
My virtue or my plague, be it either which—

She is so [conjunctive] to my life and soul,
That, as the star moves not but in his sphere,
I could not but by her.　(IV. vii. 12–16)

クローディアスにとってガートルードは、彼を王にしてくれた点で「善(virtue)」であり、同時にそのために罪を犯すことになった「悪(plague)」でもある。王妃が自分の命と魂に結びついていると告白するクローディアスは、亡霊が語る肉欲に耽る男ではなく、精神的にも肉体的にも妻に魅了され、妻を愛している男である。自分を星にガートルードをその軌道に喩え、彼女なくしては動けないとまで語る宇宙的なスケールの表現には、「主」としてのガートルードと「従」としてのクローディアスが示される。男が上で女が下という通常のジェンダーの権力関係は、ふたりの場合揺らいでいる。ふたりの関係は、ハムレット王とガートルードのそれと比較するとはるかに平等であり、ガートルードにとってクローディアスは抑圧的な存在ではない。ガートルードに自己の不安や心配を打ち明け、こまごまと相談するクローディアス(四幕一場)は、パートナーとして彼女と対等な関係を結んでおり、ふたりの関係は愛の絆によって結ばれた、いわゆる「友愛結婚」といえよう。

ガートルードは劇の後半、夫のよき「助け手」として妻の役割を果たしている。クローディアスもガートルードを単に性的対象、あるいは王位を継ぐための道具とはみなしていない。ガートルードが、神々に比される威厳に満ちたハムレット王よりも、彼女の主体性を重んじ対等な関係を結ぼうとするクローディアスに、居心地のよさ、自由と解放を見いだし、これが恋愛へと発展した可能性は大きい。彼女の「原因といっても彼の父親の死と、私たちの早すぎた結婚以外には思い当たりません」(二幕二場五六―五七行) という言葉が示唆するように、ガートルードは「彼の父の死」という第三者的な表現で前夫を客観視しており、「私たちの早すぎた結婚」に描写されるように、現在の夫と一体感をもっている。息子の鬱状態を憂慮している言葉さえもが、クローディアスとの再婚を幸福に感じている王妃を印象づけるのである。

クローディアス自身は、このようにひとりの女の虜となっている自分の状況に善悪をつけ難く、ガートルードへの抗しがたい愛を一方的に肯定してはいない。クローディアスは、これほどまで彼女に耽溺する「男らしくない」自分に困惑している。このような弱点を露呈するクローディアスは、いかにも人間味があり、兄のハムレット王とは明確に異なっている。王の亡霊は、弟が魔術を使って妻を誘惑した(一幕五場四三―四五行)と語るが、その魔術の正体はクローディアスがガートルードをひとりの人間として対等に扱う姿勢をもっていたこと、つまり彼らの関係が主従関係の強いものではなく、パートナーという対等なものであったということだ。

母を娼婦とする息子

母の早すぎた再婚に衝撃を受けたハムレットは、女を性的な誘惑に陥りやすい存在とし、「弱きもの、おまえの名は女」（一幕二場一四六行）というジェンダー・バイアスな発言にいたる。さらにもうひとつの衝撃は、母の再婚相手がエリザベス朝では「近親相姦（incestious）」（一五七行）とみなされていた夫の兄弟であったことであり、彼にとっては母の行為が二重の「裏切り」と映ったといえよう。ハムレットの見地からすると、ガートルードは女の貞節を踏みにじった罪深い女であり、「非道な女」（一幕五場一〇五行）ということになる。

図7　名優ジョン・ギルグッドのハムレット，ローラ・カウイのガートルード，1934年。

彼女は、夫の死の直後には「ニオベのように涙に暮れていた」（一幕二場一四九行）にもかかわらず、ハムレットや亡霊の期待に反して、まるでそれらが「空涙」（一五四行）であったかのように、長く悲嘆に暮れはしなかった。悲しみをコントロールできない息子が父の思い出に浸るのとは対照的に、ガートルードは息子の抱く悲嘆を少しも共有していない。父の死後一ヵ月で母が再婚した(一四五行、一五三行)とハムレットが述懐するように、ガートルードは短期間で夫の死を「当たり前」(七二行)と思うようになるほど過去に囚われず前向きに生きており、それが息子には理解しがたいのだ。

再婚を急いだガートルードは、息子によってどのように表現されているのであろうか。ガートルードの私室の場面で(図7)、ハムレットは、「私がだれだか忘れたの?」(三幕四場一四行)という母の問いに対して、彼女のアイデンティティを「王妃」、「あなたの夫の弟の妻」、そして残念ながら「私の母」と並べ立てる(一五—一六行)が、「あなたの夫の弟の妻」という表現には、女は夫の死後も亡夫に貞節を尽くし、再婚すべきではないという当時の伝統的な考えを読み取ることができる。母の再婚によって「母の肉体」に直面せざるをえなかったハムレットの衝撃は大きく、彼の人生観、女性観は大きく揺さぶりを受ける。

ハムレットにとっては、この世は「雑草が伸び放題の荒れ果てた庭」(一幕二場一三五—一三六行)であり、そこを占有するのは、クローディアスおよび彼と再婚した母を代表とする、「胸のむかつくようなもの」(一三六—一三七行)たちである。(7) 彼は、母の体は性的であってはならず、母の愛は子供への献身愛、無償の愛で絶対的でなければならないという「母性幻想」に囚われている。この「母性幻想」を裏切ったガートルードは、父の死後もセクシュアリティをもつ堕落した「悪い母」であり、その母の息子ということにハムレットは嫌悪感を覚える。

ハムレットは母への復讐を自然に任せるようにという亡霊の命令も忘れて、父の代りに母の再婚を裁こうとする。「裏切った妻」、「裏切った母」であるガートルードに、息子は女のレッテルのなかで最も悪い負の女性のイメージ、「娼婦（blister）」（三幕四場四四行）の記号を貼り付ける。"blister"とは、娼婦の額に押される烙印のことである。ハムレットは、母がハムレット王との結婚ではバラの花の冠を戴いていたのに、クローディアスとの結婚によってバラの花冠を捨て、その代りに娼婦の烙印を受けたと非難するのである。ハムレットにとっては、クローディアスが父を殺害したことよりも母を汚れた「娼婦」とした（五幕二場六四行）ことのほうがより許しがたいのである。(8)

ハムレットは亡き父を殊更に美化して「美しい山」（三幕四場六六行）に、その弟を蔑み「沼地」（六七行）に、そして彼と再婚した母を沼地で「餌を漁る」動物に喩える。この比喩は、先に述べた亡霊の比喩（ハムレット王は天国、弟はごみ溜め、ガートルードはごみ溜めでごみを漁る）と類似したものとなっており、ハムレットがその父と価値観を共有していることを示唆する。母の再婚を「近親相姦」と考えながらも、自分の本心を誰にも語らなかったハムレットは、父の亡霊が抱く「妻の不貞」への憤りを内面化し、父の代弁者として洪水のようなおびただしい言葉の暴力で母を糾弾する。

「中年の既婚婦人」（八三行）であるガートルードは、息子の観点からすれば本来は「冷たい霜（frost）」（八七行）であるべきなのに、いまだ「淫乱な情欲」（八二行）に囚われている。ハムレットの言葉を借りれば、情欲の火を抑えられない母と叔父は、「いやらしい豚小屋でいちゃつき、ちちくりあっている」(九一―九四行) ことになるが、この「豚小屋 (sty)」は、「売春宿」をも意味することから、ガートルードは豚小屋でクローディアスと交わる「売春婦」でもある。

ハムレットはふたりの結婚を正当なものと認めることはできず、彼にとってガートルードは叔父の正当な妻ではなく、「娼婦」、「売春婦」という忌むべき存在となっている。「娼婦」の母に、習慣の力を借りてクローディアスとの性的関係を断つようにと警告するハムレットは、父の代理として母の過剰なセクシュアリティを支配、管理しようとしており、剣ではなく言葉の暴力を母に向けて行使する。復讐を二の次にするほどに、ハムレットが再婚した母への怒りに囚われていることは、母へのこだわりを示唆するものとして注目すべきことだ。

「新しい女」

ガートルードがセクシュアリティを封印しなかったために息子から「娼婦」扱いされたことは、父権制が称揚する女の鑑とは相容れない「新しい女」としての彼女を逆照射する。王妃は、自分たちの「早すぎた結婚」に気が咎めていた様子ではあるが、再婚そのものを悪とする古くからの伝統的な社会通念には縛られていない。劇中劇の王妃が再婚をしないと公言する言葉に、ガートルードは誓いすぎるとコメントしており、再婚を亡き夫への裏切りとは考えない。

父と叔父の肖像を比較して、母の「淫乱な情欲」（三幕四場八二行）を罵倒するハムレットは、母に寡婦として亡き夫に貞節であることを迫る。自分の所業を悪とは認識していない王妃は、ハムレットの制御できない激しい感情の噴出（最長の台詞は五三―八八行までの三十六行にわたる）に直面したとき、初めて息子に対して自分の罪を意識化する発言をする。

王妃　　　ああ、ハムレット、もういわないで！
おまえは私の眼を心の奥底に向けさせました。
そこにあるのは黒ずんだしみ、
決して消えはしない。（三幕四場八八―九一行）

Queen. O Hamlet, speak no more!
Thou turn'st my [eyes into my very] soul,
And there I see such black and [grained] spots
As will [not] leave their tinct. (III. iv. 88–91)

王妃がここで問題とする罪とは、何であろうか。彼女がよしとする自己認識とハムレットや亡霊、一般社会が女に対して抱く社会通念との間には、最初からズレがある。しかしここでガートルードが自分の「黒ずんだしみ」を認めたのは、自分の再婚にハムレットが傷つき、苦悩している状態をまのあたりにしたからである。彼女は息子をこれほど精神的に追いつめたことに怯え、自己に内在する消えない「黒ずんだしみ」を直視する。

クローディアスと息子の間で二者択一を迫られるガートルードは、ハムレットと緊迫した会話を交わす。

王妃　ああ、ハムレット、おまえは私の心をまっぷたつに引き裂いた。
ハムレット　では悪い方の心を捨て、
　残り半分で清らかな生き方をしてください。（三幕四場一五六—五八行）

Queen.　O Hamlet, thou hast cleft my heart in twain.
Ham.　O, throw away the worser part of it,
　And [live] the purer with the other half.　(III. iv. 156–58)

このガートルードの言葉は、母と妻の役割が両立しにくいことを意識した、彼女の内的葛藤を克明に表現する重要な台詞である。また、ハムレットの語る「悪い方の心」とは、妻としてクローディアスとの関係を続けることであり、よい方とは結婚を解消し、亡き父の喪に服し、寡婦として、また母としてのみ生きることを意味する。

今後の生き方を息子に問うガートルードの言葉(一八〇行)には、母と妻の間に引き裂かれ、揺れ動くガートルードの心がある。しかしながら彼女は息子の言葉の暴力に心を引き裂かれる思いをしながらも、主体を維持し、オフィーリアのように狂気に陥ることはない。二者択一を迫る息子に対して、王妃は自分の態度をすぐには表明しない。

フランソワ・ド・ベルフォレがサクソ・グラマティカスの「ハムレット伝説」を翻案したものでは、ガートルードに当たる主人公の母は、息子から責められて復讐に加担することを約束する。同様にガートルードも息子と共に復讐をするという選択肢はあるが、彼女はハムレットの秘密をクローディアスに漏らさないと約束するだけで、夫と決別する意志を示さない。結局、ガートルードはハムレットがアイロニカルに語る、「美しく真面目で賢い王妃」(一八九行)の役割を冷静に果たすだけである。彼女は、母性だけに収斂した生き方ではなく、再婚して女として生きることと王妃であり続けることを選択してきたが、今もまたその姿勢を崩さないのである。

ハムレットは父を神に喩えて畏敬の念を抱き、男性の理想像であると強調する一方で、母を娼婦に貶め、彼女のセクシュアリティに嫌悪感を示すなど、父母の実像を極端に歪めている。父と母に対するこのようなアンバランスな感じ方は、ハムレットのセクシュアリティに対する青年期特有のものだとも考えられる。この母と息子の間の距離は、第四章でみるコリオレイナスとその母ヴォラムニアの距離と好対照をなす。

ヴォラムニアは、息子を執政官にすることに自分のすべてを投げ打って邁進した母である。彼女はすべてのエネルギーを息子のみに注ぎ、性愛には走らなかった。母であるか女であるかというディレンマは、彼女には皆無である。寡婦であり母であることに徹したヴォラムニアは、自分の自己実現の道具としてコリオレイナスを利用し、その挙句に彼を犠牲にしてしまう。

このようなヴォラムニアと違って、息子だけを生きがいにしなかったガートルードは、再婚によって新たな人生を選択した。ガートルードは王妃であり続けることを選択した「新しい女」であり、母であるよりも女であることを優先し、息子から王冠を取り上げた母でもある。その意味で、母と息子の心の距離は大きいといえる。

レアティーズの母は、ガートルードと対極にある母親である。彼の母は実際には登場しないが、レアティーズはもし自分が父の仇を取らなければ、自分は「私生児」(四幕五場一一八行)で父は「寝取られ亭主(cuckold)」(一一九行)となり、貞淑な母の汚れない額に娼婦の烙印を押すことになる(一一九―二一行)と声高に話している。彼の言葉の背景には、自分の母が娼婦ではないことへの絶対的な確信がある。レアティーズが暴徒を引き連れて「謀反」（一二三行）を起こそうとしたことから分かるように、彼は王への忠誠心よりも、家族を大切にする熱い血をもった若者である。母を貞節だとするレアティーズの母への絶対の信頼と、母を娼婦だとするハムレットの母への不信は、対照的なものとなっている。

母への回帰

ガートルードが劇以前も劇中でもデンマーク王妃であり続けたことは、重要なポイントである。彼女の台詞は少ないが、その再婚が示唆するように彼女は行動力に富んでいる。ガートルードが王妃であり続けたことは、何よりも彼女の主体性を示す証しでもあろう。王妃、妻、母、女としての彼女のさまざまな役割のなかで、王妃は彼女のアイデンティティの中核となるものだ。

母をクローディアスから断ち切り、母の情欲を封印しようとする（三幕四場一五九行）ハムレットに対して、ガートルードは母に還元されない女であり、態度を保留して夫に忠実であり続ける。ハムレットがイングランドへ旅立った後も、彼女はクローディアスとの生活を保ち続け、国家の体制を維持する「美しく真面目で賢い王妃」として振る舞う。クローディアスが殺されたり、あるいは王位を剥奪されれば、彼女は王妃としての身分を保持できなくなるので、そこには王妃としての保身も働いているであろう。ガートルードはレアティーズを王にと叫ぶ暴徒を猟犬に喩え、彼らが見当違いにも王に吠え立てていることに苛立ち、身を挺してクローディアスを庇う。ここには夫のよき協力者、「助け手」としての妻の姿が具現されている。王妃は、ポローニアス刺殺の下手人が息子であることを暴露することはないが、夫の潔白を声高に主張し、激昂するレアティーズを制止し、押し止める。

息子から「黒ずんだしみ」を直視させられたガートルードは、良心の「呵責の刺」(一幕五場八七行)に苛まれ、自分の「病んだ心」(四幕五場一七行)を自覚している。しかしそれでもなお、彼女は王妃を降りる覚悟をしない。クローディアスが王冠と妃と野心を捨てることができないように、ガートルードもクローディアスを離れ、王妃の冠を手放すことができないという点で、ふたりには罪を背負った者同士のある種の連帯感がある。ふたりの共通点は罪を自覚しながらも別れることは望まず、手を携えて現状を維持していく姿勢である。

ガートルードは最後まで王妃の立場を保持し、ハムレットの言葉を借りれば、「哀れな王妃(Wretched Queen)」(五幕二場三三三行)として死んでいく。しかしながら、母と妻の間で引き裂かれていたガートルードが、最終場で夫ではなく息子の側に立つことで、その悪い母、悪い女という印象は緩和される。クローディアスが入れた毒を偶然に飲んでしまったガートルードは、ハムレットに向かって夫を告発する最後の言葉を告げる。

ハムレット　お妃は？
王　　血を見て気を失っているのだ。
王妃　いえ、違います、そのお酒、お酒が。ああ、私のハムレット！
　そのお酒、私は毒を飲まされたのです。（五幕二場三〇八—一〇行）

Ham. How does the Queen?
King. She sounds to see them bleed.
Queen. No, no, the drink, the drink—O my dear Hamlet—
The drink, the drink! I am pois'ned. (V. ii. 308–10)

王妃の容態を問うハムレットの言葉に対し、ガートルードを愛していたはずのクローディアスが、王妃は血を見て失神したと虚偽の説明をする。王妃は事態をごまかし、保身に走ろうとする夫の言葉をさえぎり、飲み物に毒が入っていることを告発する。臨終の言葉をガートルードは「愛するハムレット」(三〇九行) に向けて、母として投げかける。母は息子が殺されるのを恐れて夫を「裏切り」、その悪事を暴露した。夫を支え続けた王妃は、ここで決然と息子を選択したのである。

瀕死のガートルードによる毒杯の告発は、ハムレットの復讐への直接の契機をつくる。復讐を延ばしてきた彼は、この後一気呵成に叔父殺しを果たすのである。母が殺されなければハムレットが死に至っていたわけで、彼は犠牲になった母から敵討ちという直接のきっかけを与えられたのだ。ハムレットは、夫を告発した母に対して同情を込めて別れを告げる。ハムレットの別れの言葉「さようなら、哀れな王妃」(三三三行)は、夫から裏切られた母に対してハムレットが示す心からの同情、哀れみである。

夫の入れた毒により死に至る王妃は、今わの際に真実を暴いて息子を守ろうとしたのであり、母と息子の心の絆は最後で蘇ったと考えられよう。王妃が最後に取った行為は、ただ息子を思う母としてのものであり、母への回帰と解釈できる。クローディアスの悪事を暴露し真実を告げるガートルードの行為は、彼女の名誉を救うものとなる。また、彼女の死は、「新しい女」としての逸脱した行為に対する罰ともなっている。

2 オフィーリアの女性表象

ユーモアと機知に富んだ娘

オフィーリアが初めて登場する一幕三場は、フランスへ旅立とうとする兄レアティーズが、ハムレットの性的誘いに乗らないようにと妹に忠告する場面である。レアティーズは、三十五行に及ぶ妹への「説教」（一幕三場一〇—四四行）のなかで、神経質なまでにオフィーリアの貞節にこだわっている。ハムレットとほぼ同年齢のレアティーズは妹を思う情熱に溢れ、しかも彼女をひとりの成人した女性と扱っている点で、後にみる威圧的な父とは異なる。オフィーリアは、兄の忠告をユーモアたっぷりに切り返す。

オフィーリア　　でも、お兄さま、
どこかの罰当たりな牧師さまのように
私には天国への険しいイバラの道を説きながら、
ご自分ではいい気になって放蕩もの同然、
歓楽の桜草の道を歩み、
ご自分の教えを忘れないようにしてね。（一幕三場四六—五一行）

Oph.　　But, good my brother,
Do not, as some ungracious pastors do,

Show me the steep and thorny way to heaven,
Whiles, [like] a puff'd and reckless libertine,
Himself the primrose path of dalliance treads,
And reaks not his own rede. (I. iii. 46–51)

オフィーリアの答えは、お茶目な妹ぶりを発揮している。この兄と妹の会話で、オフィーリアが性的に淫らな欺瞞に満ちた牧師を「罰当たりな牧師」と辛辣に揶揄し、男だけでなく女にとっても、「天国への険しいイバラの道」よりも「歓楽の桜草の道」の方が楽だと考えていることは、この時点の彼女を知る重要な手掛かりだ。

男女を問わずセクシュアリティを容認するオフィーリアの言葉は、セクシュアリティの縛りを感じさせず、彼女の健全さを印象づける。最初にわれわれが目撃するオフィーリアには、後でみるセクシュアリティの抑圧はみられない。オフィーリアは兄の「説教」をせいぜい「心の見張り」(四六行)に止めておくつもりであり、まともに守る気持ちはうかがえない。つまり彼女は兄の忠告を素直に受け入れ、ハムレットとの交際を断つ決心をしているわけではないのだ。兄との会話のなかのオフィーリアは、女としてのジェンダーに抑圧されておらず、明朗で元気溌剌とし、ユーモアと機知に溢れる魅力的な女性なのである。

ハムレットが惹かれたのは、この時期のオフィーリアの魅力であり、彼は恋文のなかで彼女を「天使、わが偶像、美の化身」(二幕二場一〇九―一一〇行)と理想化する。劇の後半でレアティーズも、理性を失う前の妹が女のたしなみにかけては誰にもひけをとらず完璧であったと偲んでおり、彼女を理想の娘、女の鑑としてロマンティックに美化し称賛している。ユーモアと機知に溢れるオフィーリアの側面と、兄と恋人が抱く理想の女性像としての彼女には多少ズレが見受けられるが、それは彼女の重層性と解釈できよう。

「うぶな小娘、赤ん坊、無へ」

しかしながら、父ポローニアスがハムレットとの仲に介入すると事態は一変し、オフィーリアは変化を余儀なくされる。ポローニアスは息子が女を買うことは容認する(二幕一場二六行)が、娘の貞節に対しては厳格この上ない。ポローニアスは未来の王になるハムレットが娘に手を出すことを恐れており、結婚外の性を許さない。彼は家父長として娘の子宮を管理、封印しようとし、ハムレットの愛の告白を信じている「うぶな小娘(green girl)」(一幕三場一〇一行)に、ある知恵を授ける。

その知恵の中身とは、自分自身を「うぶな小娘」よりももっと無知な、善悪の判断のつかない「赤ん坊」(一〇五行)だと思うようにというもので、それは娘から「主体」を奪い取ろうとするものだ。ポローニアスはオフィーリアが語るハムレットの「愛の表現(tencers)」(九九行)を、商取引の

「入札（tenders）」（一〇六行）にすりかえて、娘を「商品」として扱う。しかもハムレットの愛を「本物の貨幣（sterling）」（一〇七行）とは思っておらず、彼の愛の告白を「罠」（一一五行）とみなす。このようにポローニアスの発言はレアティーズの説教と異なり、愛の価値を経済的な言葉で測る即物的なものだ。兄の説教をみごとにかわしたオフィーリアも、家父長としての父のくどい説教（一一五―一三五行）に対しては服従せざるをえない。

ポローニアスはオフィーリアを無知な「赤ん坊」として家に閉じ込め、その言葉を奪い、セクシュアリティを支配しようとする。オフィーリアは、ハムレットに手紙を返却し彼の接近を拒み、尼寺の場では父によって「解き放たれ」（二幕二場一六二行）自由自在に操られる。父にハムレットの恋文までも見せる彼女の従順さは、父親にとって自慢の種であるが、ハムレットのプライバシーに関わる恋文を王妃とクローディアスとポローニアスの三人が膝を交えて読み、批評する愚かしさは滑稽でもある。しかし、これはオフィーリアが成熟していない女、まさに恋愛においてもひとりの自律した女ではなく、「赤ん坊」であることの証左でもある。さらに彼女は従順のあまり、ハムレットがいつ、どこで、どんなふうに「いい寄った」（一二六行）かの求愛のプロセスを詳細に父親の耳に入れてもいる。恋愛の成り行きを逐一報告する「父の娘」としての彼女の行為は、ハムレットへの裏切りというべきものであろう。ユーモアと機知をもち明朗であったオフィーリアは、劇の進行とともに次第に自らの意志、欲望を語る言葉を捨て、父によって書き込まれる「赤ん坊」のような白紙の女へと変貌する。彼女のセクシュアリティは封印され、行動を起こさないまま「赤ん坊」へと退行していく。

オフィーリアは、父の死を契機に意味のない言葉を発し、やがて彼女の「無（nothing）」（四幕五場七行）としてのメタファーが紳士によって語られる。「うぶな小娘」から「赤ん坊」、そして最後は「無」という退行への歩みは、オフィーリアの存在をより矮小化し、取るに足りない不可視な存在にしていく。これより少し前の「ネズミ捕りの場面」でのオフィーリアのハムレットへの返事、「何でもありません（I think nothing）」（三幕二場一一七行）における"nothing"も、「無」への伏線と考えられよう[9]。また、これはドラマティック・アイロニーであるが、オフィーリアが、「生きるべきか死ぬべきか、それが問題だ」（三幕一場五五行）としてハムレットが逡巡した「死ぬこと（not to be）」、すなわち「無」であることを選択したことは注目すべきことだ。

死を選び取った彼女の心境は、『もうあの人は戻らない』（四幕五場一九〇行）という彼女の死の直前の歌に示唆されている。「あの人」とは父を意味し、その父が死んでしまったので「おまえも死の床へお行き」（一九三行）と歌う。この言葉は、彼女が自分自身に投げかけたものだと解釈できないであろうか。「嘆いても甲斐がない」（一九八行）ことを知っているオフィーリアは、自分自身が死の床へつくことを予告しているのだ。こうして、彼女は死ぬことで、「無」の存在になろうとする。

ハムレットに「捨てられた女」

アーデン版の編者ハロルド・ジェンキンズは、批評家たちは尼寺の場でオフィーリアがハムレットを拒否したと考えているが、そうではなく彼のほうが彼女を拒絶したのだとコメントしている。(10) 母への不信をオフィーリアにぶつけて暴言を吐くハムレットの「狂った」言動に対して、彼女は絶望的にかつて彼の「甘い誓いの言葉を吸った」(三幕一場一五六行)(ふたりの肉体関係を示唆するものがある)ことを口走る。ハムレットが彼女への愛を否定し、さらに結婚そのものを否定して尼寺行きを命令するために、オフィーリアは自らを「世にも哀れな捨てられた女」(一五五行)だと表現するのだ。尼寺行きは、生身の女が修道女として閉じ込められ、セクシュアリティを捨て結婚を諦めることを意味するために、彼女は「捨てられた」と悲嘆に暮れるのだ。

この「捨てられた女」という認識は、狂ったオフィーリアの歌のなかで後に反復される。

オフィーリア

［歌う］ 聖人さまの名にかけて
ひどく恥知らずね
若い男がその気になればみんなやることは同じ
誓っていうけど男が悪いのよ

あなたは私を押し倒す前に
　結婚の約束をしたくせに
（男はこういうの。）
　おまえのほうから抱かれにこなきゃ
　そのつもりだったのだが　（四幕五場五八―六六行）

Oph.
[*Sings.*] "By Gis, and by Saint Charity,
　Alack, and fie for shame!
Young men will do't if they come to't,
　By Cock, they are to blame.
"Quoth she, 'Before you tumbled me,
　You promis'd me to wed.'"
(He answers.)
"'So would I 'a' done, by yonder sun,
And thou hadst not come to my bed.'"　(IV. v. 58–66)

この歌のテーマは、男の愛の変わりやすさと捨てられた女である。歌の中身は、結婚を約束した男に体を許したら、結婚前に関係をもつような女とは一緒にならないと男から捨てられたというもので、ハムレットから「裏切られた」オフィーリアの状況と呼応するものだ。

オフィーリアとハムレットの関係に関しては、彼女が父親にすべてを打ち明ける前にふたりの仲がすでに熱くなっていた（二幕二場一三二―三四行）ことを考慮すると、性的関係を想定してもおかしくはないであろう。(11) 観劇直前のハムレットとオフィーリアの会話（三幕二場一一二―一一九行）は、ハムレットが狂気を装っているとはいえ、肉体関係のない女性に際どい発言をするのも唐突すぎると思われ、ふたりの性的関係を想定するほうが自然であろう。また、「人形劇の濡れ場をみせてくれれば、君と君の恋人の仲を語ることができる」（二四六―四七行）というハムレットの発言も、ふたりの性的関係を裏づけるものと解釈できる。「君の恋人」とは、ほかならずハムレットである。親密な関係にあった彼であるからこそ、それは可能だからだ。

オフィーリアは、若い男性の誓いがいとも簡単に破られることをハムレットによって身をもって経験している。彼女の心の奥底に巣食っていて正気のときには口に出せなかった思いが、この歌のなかには凝縮されており、オフィーリアは自分を歌のなかの娘と同化しているのだ。歌を口ずさむオフィーリアは、『オセロー』のなかでデズデモーナが言及する、母の召使バーバリにも類似している。狂った恋人から捨てられたバーバリは、「柳の歌」を歌いながら死んでいった。オフィーリア、彼女の歌のなかの娘、そしてバーバリ、これら三人の女の状況は、捨てられた女という点で共通している。

悲しみ、涙、忍耐

歌とともにオフィーリアのもうひとつの自己表現の手段は、花言葉である。狂った彼女が王や王妃、フランスから帰国した兄に配る花は、彼女の心の代弁として、その心情を知る手掛かりを与えてくれる。彼女はクローディアスには欺瞞のういきょうと不倫のおだまきを、王妃には後悔のヘンルーダを与えることで、各々の犯した過ちを想起させる。ヘンルーダの花言葉は後悔と悲しみであるが、オフィーリアが手元に残した同じヘンルーダは、後悔ではなく悲しみを表現していると推察される。

父を失ったことに対して、レアティーズは謀反を起こし、「父の死に方」(四幕五場二一四行)や「人目を忍ぶ葬儀」(二一四行)について詰問するなど、過激な言動に及んで怒りを表現した。しかしながら、オフィーリアはその悲しみを花言葉や前述の歌に託しており、兄と妹ではその表現方法にジェンダー差がある。

オフィーリアは花を手渡しながら各人にふさわしい花言葉をいかにも乙女らしく比喩的に語るだけで、それは王や王妃の良心に個人的に訴えかけるものにすぎない。オフィーリアは女であるがゆえに何も聞かされず、父が幸せな臨終だったと真実をごまかされ、必要とする真実の情報を与えられなかった。彼女はその嘘を見抜き、「世間は悪だくみだらけらしい」(五行)と語りはするが、王や王妃に対して謀反を起こすことはない。オフィーリアの狂気は、ホレイショーが語るように「よからぬ連中の心に危険な邪推を植えつける」(一四―一五行)のに十分であるが、ガートルードが恐れた事態には発展しなかった。彼女の狂気は、体制側への反抗といえるほどラディカルなものではないし、兄とは異なり妹は王や王妃が体現する支配的秩序に包摂され、危険な存在とはなりえていない。

オフィーリアが発する最後の言葉は、諦めにも似た弱々しい調子を帯びている。

オフィーリア
何もかもうまくいくと思うわ。忍耐しなくては。
でも、みながあの人を冷たい土のなかに埋めたことを思うと、
泣けてしまう。兄にも知らせます、
そのことを。(四幕五場六八―七一行)

Oph. I hope all will be well. We must be patient,

but I cannot choose but weep to think they would lay
him i' th' cold ground. My brother shall know of
it, . . . (IV. v. 68–71)

このように彼女に残された選択肢は、「万事がうまくいくことを願うこと」、「女として忍耐強くなること」、「冷たい土のなかに埋葬された父を偲んで泣くこと」しかないのだ。これらの三つの選択肢は、すべて彼女自身の気持ちを内へ内へと閉じ込めていくものでしかなく、彼女は悪の告発者となるには余りにか弱い存在で、最終的には男である兄を頼る以外には術がないのである。オフィーリアの最後の言葉は、願望、忍耐、涙など、いわゆる女のジェンダーに付随したやさしい受身の表現に終始している。

オフィーリアが流した悲しみの涙は、後の彼女の水死を予告するものでもある。彼女は失恋の象徴である柳の枝で冠を作り、それに男性性器に似たランを編み込んで、その花冠を柳の木にかけようとして小川に落ちる。オフィーリアは、「すすり泣く小川（the weeping brook）」（四幕七場一七五行）に「人魚のように（mermaid-like）」（一七六行）たゆたい、「水に棲むもの（a creature native and indued/Unto that element）」（一七九―八〇行）のように悲しみの涙に溺れて死んでいく。オフィーリアを飲み込んだ水は、彼女の涙のメタファーと考えられよう。オフィーリアの水死は、彼女の悲しみの涙の量を象徴しているのだ。レアティーズはそのことを理解したからこそ、これ以上涙を流すまいと決心するのだ。

天使

狂気になった妹の心の一番近くにいつづけたのは、兄のレアティーズであろう。フェミニストは、オフィーリアがハムレットの「客体」としてしか論じられないことを憂い、彼女が狂気になる物語をいろんな方法で読み取ろうとするが、レアティーズは妹の狂気の物語を最もよく理解しているひとりであることを忘れてはなるまい。彼は、妹を狂気に追いやったのはハムレットの「邪悪な行為」(五幕一場二四八行)だと考えており、また妹の狂気は父への愛の証しだとも考える。

レアティーズは無意味に思える妹の言葉に、「無」の一言で片付けられないものがあることを感知する。

レアティーズ　この無意味な言葉には、かえって意味がある。(四幕五場一七四行)

Laer.　This nothing's more than matter.　(IV. v. 174)

オフィーリアの苦しみが些細なものとして葬られ、「無」として消えていこうとするなかで、妹思いの兄は狂気のなかに「教訓」(一七八行)を読み取る。他の人々には「無」であっても、彼にとっては妹の無意味な言葉は重い意味を孕む。忠実・貞操・記憶のローズマリーと、悲恋の思い(ハムレットとの悲恋を思い出させる)を象徴するパンジーを渡されたレアティーズへのメッセージは、「ものを思って忘れないように」ということだ。オフィーリアはこの「忘れない」のなかにおそらく復讐のメッセージを込めてはいないが、レアティーズは勝手に復讐を読み取る(一六九―七〇行)。

レアティーズは、自殺した妹の正式な埋葬を拒んだ牧師に、怒りの余り叫ぶ。

レアティーズ
妹の美しい汚れない身体から
スミレが咲かんことを。いいか、くそ坊主、
おれの妹は、きっと天使になる。
そのころおまえは地獄で泣きわめいているぞ。 (五幕一場二三九―四二行)

Laer.
And from her fair and unpolluted flesh

May violets spring!　I tell thee, churlish priest,
A minist'ring angel shall my sister be
When thou liest howling.　(V. i. 239–42)

オフィーリアの身体を「美しい汚れない身体」と描写するレアティーズは、あくまでも妹の純潔を信じており、その身体から純潔の象徴でもある、はかなくも美しいスミレが咲くことを願う。さらに、レアティーズは妹に「よい女」の最大の誉め言葉でもある「天使」のレッテルを刻印し、彼女を女の鑑とするのである。かつてレアティーズは、理性を失う前のオフィーリアが、女のたしなみにかけては誰にもひけをとらず完璧であった(四幕七場二六—二九行)と偲んでいたが、その彼ならではの表現である。レアティーズは、妹を理想の娘としてロマンティックに美化し称賛することで、自分の精神のバランスを保っているのであろう。

3　ガートルードとオフィーリアの「女同士の連帯」

オフィーリアを受容する王妃

ガートルードとオフィーリアのセクシュアリティは、周囲の男性たちからいろいろな形で抑圧されるが、それに対してふたりは対照的な生き方を展開する。

セクシュアリティ豊かなガートルードは、自分の意志で前夫の弟と再婚するなど社会通念の枠に「囚われない女」であり、ハムレットからのセクシュアリティのコントロールも受けまいとする自由な女である。その意味で、彼女はハムレットや前夫の亡霊の見地からは、「悪い女」のカテゴリに入る。一方、オフィーリアはあくまでも父に従順な娘として、父に支配される「囚われた娘」を印象づける。父や兄、さらには恋人からセクシュアリティを抑圧された彼女は、自らの欲望を閉じ込めていく「よい女」の部類に属する。

ハムレットはこれらふたりの女性との緊密な関係のなかで、各々に対し言葉の暴力をふるい、彼女たちの心を引き裂く。ふたりは極めて悲劇的な状況に置かれるが、ガートルードは最後まで王妃として「主体」と威厳を維持し、一方、オフィーリアは心を病み、「無」の存在となる。しかしながら、年齢も階級も女としてのレッテル(たとえばガートルードは娼婦、オフィーリアは天使)も異なるガートルードとオフィーリアは、ハムレットを媒体として互いに寄り添い、「連帯」する関係にある。ガートルードは王妃という権力をもつ体制側の人間でありながら、時にはそれに取り込まれず、「無」とされたオフィーリアを「蘇らせる」ことに最後まで尽力する。以下では、ガートルードとオフィーリアの関係を探ってみよう。

クローディアスによって「母親である妃は、息子の顔を見るのが何よりも生きがいだ」(四幕七場一一—一二行）といわれるガートルードは、憂鬱な息子の心を晴らすために、幼馴染の親友たちを呼び寄せるなど心を砕いているが、ふたりの関係は通常の母と息子の関係に照らせば希薄なものである。ガートルードは息子への愛情を抱きながらも、母として本気で息子に対峙し、理解しようとする態度に欠ける一面もある。彼女は三幕四場の私室の場面で、ポローニアスを壁掛けの陰に隠してハムレットとの対話を進めようとするし、またハムレットとのコミュニケーションが取れそうにないと思うと自分ではなく他人に任せようとし、さらにハムレットから鏡で心の奥底まで映し出されそうになったときに、殺されると勘違いして大声で助けを呼ぶなど、母と息子の関係は齟齬をきたしている。彼女の再婚によってできた新しい家庭は、ハムレットにとっては生きる支えとなる心の通いあった家庭ではない。母への不信から一層、母との心の距離を取る息子に対して、ガートルードはなす術もない。

母としての挫折感を味わっている彼女にとって、ハムレットが「愛した」オフィーリアの存在は、一縷の望みを与える光明であったろう。息子との関係がうまく機能していないときに、息子から恋文を貰っていたオフィーリアは、息子の心を解く「鍵」である。ポローニアスが娘にハムレットとの交際を拒絶させた話を聞いた王妃は、ハムレットの乱心の原因がオフィーリアの美しさゆえであることを願う。息子の気持ちが母親ではなく若い女性に向けられることは、ガートルードにとっては希望と安堵感をもたらすものである。ロマンティックな恋文にオフィーリアへの真剣な思いを綴っているハムレットは、ガートルードの知らない一面を見せており、気難しい息子が書いたものとは信じられないほどである(二幕二場一一四行)。息子の幸せを考えるガートルードは、オフィーリアに心を開き、彼女が息子の妻となることを願う。ハムレットの心の内を理解できないガートルードにとって、オフィーリアは頼みの綱、息子の心の扉であり、王妃はオフィーリアに息子を託したいという思いを抱くのだ。

オフィーリアの父や兄は、宰相の娘と王子の結婚はありえないものとしてふたりの交際に猛反対をしており、オフィーリアによって階級上昇を果たすという考えは毛頭ない。それに対して王妃が息子のために、また自分自身のために階級差を越えてふたりの結婚を望み、それを公言していることは重要だ。

王妃
ねえ、オフィーリア、あなたの美しさが、
ハムレットの狂乱の原因であってほしいわ。
そうすれば、あなたの美徳で、
きっとまた元通りになってくれるだろうし、
あなたがたふたりのためにもなるのだから。(三幕一場三七―四一行)

Queen.
And for your part, Ophelia, I do wish
That your good beauties be the happy cause
Of Hamlet's wildness. So shall I hope your virtues
Will bring him to his wonted way again,
To both your honors. (III. i. 37–41)

ポローニアスがふたりの身分の違いに拘泥していたのとは異なり、ガートルードは王妃の権威でふたりの結婚を実現させる意図を抱いていたのである。息子の顔を見るのが生きがいであった王妃は、ハムレットの気持ちを大切に思い、彼が「愛した」女性を受容し、母として柔軟な対応をしている。ガートルードはこの時代に再婚をしたほどのラディカルな女性であるから、息子の結婚に関しても階級の壁には囚われていない。

オフィーリアが、彼女とハムレットの結婚を容認する王妃の言葉に影響され、王子との結婚を夢見たのは当然であろう。ガートルードがオフィーリアを頼ろうとする関係性のなかで、オフィーリアもハムレットのイングランド行きの後、王妃を頼って面会を求める。オフィーリアが王ではなく王妃への面会を執拗に要求したのは、王妃がオフィーリアに心を開いていたことと、オフィーリア

図8 「オフィーリア」, ジョン・エヴァレット・ミレイ画, 1851–52年。

も王妃に対して、より親近感を抱いていたことによるものであろう。ハムレットの母と恋人は、ふたりともハムレットを愛しながら彼と十分に心を通わすことが叶わないために、彼を抜きにして互いに寄り添おうとしているように思える。

オフィーリアの死の物語

劇終盤のガートルードによるオフィーリアの死の物語は、それを聞くものに美しい一幅の絵画を見るような効果をもたらす。これは、たとえばラファエロ前派の画家、ジョン・エヴァレット・ミレイ(図8)やアーサー・ヒューズが描いた傑作「オフィーリア」の影響によるものではない。むしろその逆で、ガートルードの語りが美しく写実的で淡々としているために、オフィーリアの死の苦痛は隠され、溺れる様子は聞き手にロマンテイックな印象を与えるのである。

王妃
……意地の悪い枝が折れて、
花輪もあの娘もすすり泣く小川に
落ちてしまいました。裾が拡がって
しばらくは人魚のように娘をささえていました。
その間、あの娘は、古い賛美歌を口ずさみ
まるで身の危険など感じていないかの様子、
水に生まれ
水に棲むもののように。（四幕七場一七三―八〇行）

Queen.
. . . an envious sliver broke,
When down her weedy trophies and herself
Fell in the weeping brook. Her clothes spread wide,

図9 「ナーイアス」，ジョン・ウィリアム・ウォーターハウス画，1893年。

And mermaid-like awhile they bore her up,
Which time she chaunted snatches of old lauds,
As one incapable of her own distress,
Or like a creature native and indued
Unto that element. (IV. vii. 173-80)

王妃の語りは、オフィーリアを鑑賞用の美術品に変え、その悲劇的な死を詩に変容している。王妃はオフィーリアを「人魚」や「水に生まれ水に棲むもの」に喩えることで、その水死が苦痛ではなく自然なものだという印象を与えているのだ。「水に生まれ水に棲むもの」とは、ニンフ、たとえばこの場合はギリシア神話の水の妖精であるナーイアス（図9）と想定すれば、オフィーリアは水に帰ったと考えられよう。この解釈は、尼寺の場の最初でハムレットがオフィーリアを山や川、森などに住む少女の姿をした精であるニンフと呼びかけている(三幕一場八九行)こととも呼応する。

王妃の美しい絵画的な描写は功を奏し、レアティーズはその言葉を静かに聞き、妹のロマンティックな死に方に涙を流し、ついに彼の怒りの炎は消え去る。王妃は、血気盛んな若者をみごとに沈静化させたのである。水死の場面が王妃によってロマンティックな死の物語として描写されたことで、ハムレットの責任は曖昧にされ、孤高のプリンスというハムレット像を脱構築する可能性は奪われたといえよう(12)。王妃の言葉の力によって、オフィーリアを狂気へと追い込んだハムレットの責任は不問にされ、彼女が男の支配や暴力の犠牲者であることは隠され、オフィーリアは既存の体制に包摂される。

オフィーリアの「母」

オフィーリアが、その詩的な死によって父権制社会に取り込まれ、そのまま無に帰したと結論づけるのは早計だ。王妃は父権制を支える体制側にいながら、身分序列にこだわらずにオフィーリアを受容した柔軟性に富んだ女性である。オフィーリアの母は、レアティーズによって言及されるだけで、彼女の母は「非在」である。しかしながら最終的に王妃は、あたかもオフィーリアの「母」であるかのような役割を果たす。

オフィーリアの埋葬時における王妃の言葉を吟味してみよう。

王妃　［花を撒きながら］　美しい人には美しいものを。さようなら。
あなたが、ハムレットの妻になったらと願っていたのに。
かわいい人、あなたの花嫁の新床を花で飾ろうと思っていたのに、
お墓に撒くことになるなんて。（五幕一場二四三―四六行）

Queen. [*Scattering flowers.*]　Sweets to the sweet, farewell!
I hop'd thou shouldst have been my Hamlet's wife.
I thought thy bride-bed to have deck'd, sweet maid,
And not have strew'd thy grave.　(V. i. 243–46)

この台詞のように、ハムレットがイングランドにいると思っているガートルードは、オフィーリアへの別れの言葉として「美しい人には美しいものを」と語り、「ハムレットの妻」として彼女を偲ぶ。王妃が皆の前で狂死した女性を息子の妻にしたかったと心情を吐露することは、通常はありえないことで、そこには息子が愛した女性に対する「母」としての愛情表現がある。また、ふたりの結婚式の日に「花嫁の新床を花で飾ろうと思っていた」という王妃の言葉には、オフィーリアを失ったことに対する無念の気持ちが吐露されている。イングランドへ送られた息子との再会もおぼ

つかない王妃は、オフィーリアが彼の妻になっていればと思いめぐらすことで、限りなく「無」の存在であった彼女を人々の心に蘇らす。

オフィーリアはガートルードの心のこもった言葉によって忘却を免れ、そこにいる者たちの心に生き生きと蘇る。「無」となっているオフィーリアを思い起こさせる言葉は、レアティーズに影響を与える。オフィーリアの亡骸に土をかける直前に妹をもう一度抱こうと墓の中に飛び込む兄の行為は、「無」となって消えてしまいそうな妹をもう一度「現前」させるものだ(二五〇行)。それはまた、連鎖的にハムレットのオフィーリアへの「愛」を蘇らす契機ともなり、彼も墓の中に飛び込み、兄の何倍もオフィーリアを愛していたと叫ぶ。

一方、クローディアスはオフィーリアの墓に「不滅の記念碑」(二九七行)を建てようと提案するが、これはポローニアスの葬式を秘密裡に行ったことへの罪滅ぼしであり、レアティーズを意識して彼の不平不満を封じ込め、体制に回収しようとする試みである。政治的に動くクローディアスとは違って、ガートルードはオフィーリアの死を悼み、彼女の物語を紡ぎ、「母」としての役割を果たす。王妃は彼女自身の保身も考慮していたが、それでも彼女の力の及ぶ限りオフィーリアを人々の心に蘇らすことに尽力する。階級や身分、女としてのレッテル、そして年齢も異なるふたりに、女性同士の連帯、シスターフッドを読み取ることが可能であろう。

第四章

母性、家族、国家

『コリオレイナス』Coriolanus

『コリオレイナス』に、「美徳というものは時代の解釈次第だ」（四幕七場四九―五〇行）というヴォルサイの将軍オーフィディアスの言葉がある。コリオレイナス(幼少時の名前はマーシャス。コリオライ征伐にちなんで後にコリオレイナスと称される)の母ヴォラムニアは、ローマの賢母として元老院をはじめ皆から賛美されるが、その理由は息子を説得してローマを劫火から救ったためである。しかし、彼女の母としての美徳は、時代の解釈によっては美徳とされず、非難の対象となるであろう。

フェミニズム／ジェンダー批評において、女にとっての母性は、微妙な問題を孕んでいる。母性をめぐる言説はさまざまであり、時代や状況によっていろいろの顔をみせる。母性は、子供を慈しみ育てるプラスのイメージと、支配的で破壊的なマイナスのイメージを併せもっている[1]。

フランスの心理学者エリザベート・バタンデールは、『母性という神話』のなかで母性愛が本能ではないことを論じる[2]。母性愛はプラスになったり、マイナスになったり、あるいはゼロになったりというふうに、さまざまな形をとる。

バタンデールの母性論は、発表当時（一九八〇年）は衝撃的で受容されにくかったが、現在では広く認知されている。母性愛は普遍でも本能でもないことを暴いたバタンデールは、「母性神話」を突き崩したといえよう。母となった女は、子供に対しては必ずしも肯定的な存在ではなく、加害者になる危険性をもっている。

本章ではヴォラムニアの母性を中心に、息子、嫁、孫などの家族、およびローマという国家との関係を考察する。

1　息子をモノとしている母

「泣き虫小僧」

シェイクスピアは、「母性神話」がフェミニストによって突き崩される遥か以前に、コリオレイナスの母ヴォラムニアを描くことで「母性神話」を崩壊させている。ヴォラムニアは母性のマイナスイメージを考察するには格好の人物で、彼女の母性には、飲み込み、同一化をはかり、独立を認めないといった否定的な側面が凝縮して具現されている。

ヴォラムニアとコリオレイナスは、密着しており、歪んだ親子関係が劇中に散見される。コリオレイナスが母に逆らえないことを指摘する人物が、劇中にふたり登場する。第一の市民とオーフィディアスである。ここでは、母に反逆できないコリオレイナスの弱さを感知したオーフィディアスをみよう。

オーフィディアスは、コリオレイナスが母の涙を見て自分自身も泣きだし、母親の説得に屈服したことをあげて彼の幼児性を暴く。オーフィディアスから三回も立て続けに「少年」と呼ばれ（五幕六場一〇三行、一一二行、一一六行）、また「泣き虫小僧（boy of tears）」（一〇〇行）と揶揄されたことにショックを受けたコリオレイナスは、その表現に激怒するが、オーフィディアスの嘲笑は的を射ている。

それはコリオレイナスだけの問題ではなく、母の問題でもある。実際ヴォラムニアにとってコリオレイナスは、妻子がいてもまだ大人になりきれていない「少年」という存在（三幕二場一〇〇行）であり、この母と息子の関係は問題を孕んでいる。

ヴォラムニアの夢

いつまでも息子を「少年」扱いするヴォラムニアの夢を探ってみよう。ヴォラムニアの夢は、これまで息子によって一つ一つ実現されてきた。彼女が息子に期待する最後の夢はローマの執政官の地位であり、ヴォラムニアは執政官の母としてのアイデンティティを欲している。母はそのために、民衆におもねるという、コリオレイナスにとって屈辱的な役割を強制的に演じさせようとし、彼もまたその期待に応えようと努力する。

コリオレイナスの傲慢な態度に反感を抱く第一の市民は、コリオレイナスと母の関係を鋭く推察する。

市民1　いいか、あいつがりっぱな働きをしたのも、
それを威張りたいためだったんだ。気のよい連中なら
国家のためだということで納得するだろうが、
実は母親を喜ばせたいのと、自慢したいためなんだ。
あいつのなかでは、傲慢と勇気が釣り合ってる。（一幕一場三六―四〇行）

1. Cit.　I say unto you, what he hath done famously,
he did it to that end.　Though soft-conscienc'd men can

be content to say it was for his country, he did it to
please his mother, and to be partly proud, which he is,
even to the altitude of his virtue. (I. i. 36–40)

コリオレイナスが国家のためではなく、むしろ母を喜ばせるために、また自分のプライドのために戦ってきたことは事実であろう。母の夢を叶える子供になることで、彼は母の自己実現の道具となっているのだ。

ヴォラムニアは典型的な軍国主義の母に見えるが、昔の彼女はそうではない。一幕三場でヴォラムニアが嫁のヴァージリアを前に、息子マーシャスの幼児期、思春期の頃を物語る回想場面がある。この会話のなかで、ヴォラムニアはマーシャスがお腹を痛めた唯一の子供であり、長じて美しい若者となった息子を、たとえ王様の要望であれ一時間でも離したくはなかったと告白している。そこにはひとり息子を溺愛し、すべての時間を彼ひとりのために捧げ、息子のために生きる母の姿が表現されている。

ローマ時代、上流の家では乳母を雇うのが普通であったと思われるが、ヴォラムニアは自ら赤ん坊に授乳し、理想的な育児をしようとした。授乳という行為を通して彼女は息子の体内に勇気を形成し、いわゆる男らしさを育もうとしたのである。ヴォラムニアによる息子の教育は、子供をある理想の「かたち」、フォルムに矯正、あるいは整形するというもので、ギリシア以来のヨーロッパの教育思想に貫流している発想である。(3) ヴォラムニアは肉体的にも精神的にも息子を鋳型にはめて養育し、武人に仕立てた感がある(五幕三場六二―六三行)。コリオレイナスの勇気は父からではなく、まさにこのようなヴォラムニアの母乳によって継承されたのである(三幕二場一二九行)。しかも彼女は、意図的に子供をひとりしか産もうとしなかったことが後に知らされる。

スパルタの母

このように息子を慈しんだヴォラムニアの感情は、息子の成長とともにいつしか抑圧され、変化していく。彼女は国のために息子を差し出す母、名誉の傷を喜ぶ母へと変貌する。マーシャスが受けた傷の箇所を聞くメニーニアスに、ヴォラムニアは、これまでの戦いでは二十五箇所の傷跡を受け、今度のコリオライ征伐では肩と左腕に傷を受けて全部で二十七箇所の傷となったことを誇る。ヴォラムニアは赤ん坊だった息子の柔らかい体の感触を記憶しているにもかかわらず、まるでスパルタの母のように戦争での息子の負傷を喜びとする。

コッペリア・カーンは、スパルタの母親たちの次のような逸話に言及する。(4) 戦争に五人の息子を送ったスパルタの母親は、息子全員の死亡が伝えられたときに、まず国の勝敗を問いただし、国の勝利を聞くと息子の死を喜んで受け入れた、また他の母親は、息子が勇敢に死んだことを知ると自分の息子だと認めたが、臆病で命を永らえたもうひとりの息子に関しては、自分の息子と認めることを拒否したというものだ。このようなスパルタの母を彷彿とさせる言葉が、ヴォラムニアと嫁との会話で表現される。

ヴァージリア　でも万一、そのために戦死なさったら、お母様、そのときはどうされますか？
ヴォラムニア　そのときはあの子の名声が、私の息子となり、それをわが子と思ったでしょう。本気で聞いておくれ、もしも私に十二人の息子がいて、ひとりひとりが同じように可愛く、あなたの夫である私の子マーシャスに劣らず大切だとしても、戦いにも出ず酒色に溺れた生活をするような子がひとりでもいれば、私はあとの十一人が国のために立派に死んでくれることを望みますよ。

（一幕三場一八―二五行）

Vir. But had he died in the business, madam, how then?

Vol. Then his good report should have been my son; I therein would have found issue. Hear me profess sincerely: had I a dozen sons, each in my love alike, and none less dear than thine and my good Martius, I had rather had eleven die nobly for their country than one voluptuously surfeit out of action. (I. iii. 18–25)

夫の戦死を恐れるヴァージリアとは違って、ヴォラムニアは息子が戦死すれば名誉が息子の代りになると割り切れる、愛情よりも名誉を重視する母親である。ひとりの酒色に溺れる不肖の息子のために、残りの十一人の息子を差し出してもよいというヴォラムニアは、国家のために息子が戦死することを誇りとする熱狂的な軍国主義の母であり、息子を案じるという人間的な感覚を喪失している。

前述の会話には、息子が血を流すことが「男らしさ」に通じると考える母と、それを嫌悪する嫁との相違が克明に表現される。ヴァージリアは戦いによって流される血に対して生理的な嫌悪感を抱いているが、その彼女の直感をうまく言語化できない。一方ヴォラムニアは、ヘクターに乳を与えるヘキュバの胸の美しさも、ヘクターの血まみれの額ほどには美しくない（四〇—四三行）と語っており、乳よりも血を、つまり愛よりも名誉を重視している。

戦争で名誉を得ることが最高の栄誉という時代と社会背景のなかでは、非人間的なことが、非人間的に見えなくなってしまう。若桑みどりは『戦争がつくる女性像』のなかで、戦争と女性に関して次のように論じる。

戦争・女性という問題は、戦争＝男性、平和＝女性といった二項対立によってではなく、相互補完的な一体として、一枚の銅貨の表裏のように引き離しがたい関係性をもって論じられなければならないことを確信した。女性は、家父長制度―軍事体制の権威的な構造のなかで被支配者であるとされている。だが、女性はこの構造のなかで、権威に従属し、みずからの役割に従順に、しばしば熱狂的に従うことによってこのシステムを支え、補完し、維持するための不可欠な一部であり続けた。(5)

このように戦争は男、平和は女という二項対立の図式は、ヴォラムニアには当てはまらず、彼女と戦争は相互補完的なコインの表裏となっている。ヴォラムニアは女として従属する立場に置かれているにもかかわらず、ローマの父権制度を支える重要な役割を担っている。息子が死地に赴くのが慰め(四幕一場二七―二八行)である彼女は、戦争で十二分に働いた息子にすぐさま次の目標を掲げ、名誉獲得に向けて叱咤激励してきたのである。

母と息子の固い絆

ヴォラムニアと息子の間には、妻はもちろん父親役のメニーニアスさえも介入できない、ふたりだけの特別な絆と歴史がある。コリオレイナスは何をするにも母の褒め言葉を期待し、母の許しを欲しがり、母を相談役にする（三幕二場一五―二八行）。

ここでヴォラムニアが、常々息子に語っていたという口癖の意味を考えてみよう。

コリオレイナス　　　　母上、

気をとりなおしてください、いつもいっておられたでしょう。

ご自分がヘラクレスの妻であれば、

その十二の難事業の半分は、ご自分が引き受け、

夫にあのように汗はかかせないと。（四幕一場一五―一九行）

Cor.

Nay, mother,
Resume that spirit when you were wont to say,
If you had been the wife of Hercules,
Six of his labors you'ld have done, and sav'd
Your husband so much sweat. (IV. i. 15–19)

ヴォラムニアはもし自分が英雄ヘラクレスの妻であったならば、十二の苦行のうち半分は自分が成し遂げて内助の功をする強い妻であっただろうと語っている。ヘラクレスの妻という比喩は、コリオレイナスがメニーニアスによってヘラクレスに喩えられる（四幕六場九九行）ことを考慮すると、まるでコリオレイナスとヴォラムニアがカップルであるかのような印象を与える。

つまり前述の台詞では、母と息子の関係が、妻と夫の関係に置換されているのである。ヴォラムニアは息子に対していわば夫を支え助ける妻のような役割を果たしており、ふたりの関係は通常の母と息子とは異なっている。

ヴォラムニアは、再婚をせずにマーシャスだけを産み育て、息子夫婦を自分の家に住まわせた「伝統的なローマの未亡人」である。(6) ヴォラムニアの夫のことはテクストには何も言及されておらず、マーシャス／コリオレイナスの父が「非在」であることも、母と息子の距離が一層、近接する要因である。ハムレットの母ガートルードが息子と距離があり、夫の死後すぐに再婚するのとは対照的に、ヴォラムニアはセクシュアリティを抑圧し、寡婦を守り続けた。彼女は父権制の代理人として、母の姿で「父の法」を唱え、母性愛という名のもとに息子を統制し、束縛し、支配する。

2　母の勝利

ヴォラムニアの戦略

ヴォラムニアの自己実現の手段は、コリオレイナスがローマを追放されることによって崩壊する。敵地アンシャムで仇敵オーフィディアスと手を組んだ彼は、母の呪縛から解かれ、ローマという国家の束縛からも脱し、権力を縦横無尽に操る自由なコリオレイナスへと大きく変化する。新しく誕生したコリオレイナスの表象は、「孤独な龍」（四幕一場三〇行）である。火を吐くといわれる龍に相応しく、コリオレイナスはローマを焼き尽くすことで、「恩知らずの祖国」（四幕五場七〇行）への復讐を企てようとする。彼は説得にきた父代りのメニーニアスに対して、妻も母も子供も知らないと言い放つ。

妻、母、息子の存在を否定するコリオレイナスに対して、ヴォラムニアはその「反逆」を抑え込み、再び息子を支配下に置くために全力投球をする。彼女にとって息子はかつて誇りであったが、ヴォルサイのトップに立ってローマ滅亡に手を貸す息子は、「国を売った裏切り者」（五幕三場一一四行）でしかない。材源のプルタルコスの『対比列伝』では説得の役回りは妻であるが、シェイクスピアではコリオレイナスに翻意させるという難事業の立役者は母である（図10）。ヴォラムニアが、嫁と孫とヴァレーリアを伴って、息子のかたくなな心を戦略的に解きほぐす過程を検証してみよう。

図10 母や妻たちの懇願の場面。ニコラス・ロウ編『コリオレイナス』（1709年）冒頭の挿絵。

ヴォラムニアの取った一番目の戦術は、まず妻のヴァージリアを前面に押し出し、彼女のセクシュアリティを利用して息子を性的に誘惑しようとするものだ。『対比列伝』では、ヴォラムニアが先頭にやってきて挨拶しキスをするのであるが、シェイクスピアでは嘆願にやって来た三人の女たちと息子の順番は、ヴァージリア、ヴォラムニア、ヴァレーリア、小マーシャスである。妻や母の姿を目撃したコリオレイナスがつぶやく最初の言葉が示すように、彼はまさにここで妻から「誘惑される」(二〇行) 立場にある。彼はあたかも「処女」(四八行) で、ヴァージリアは、「嘆願者」であると同時に誘惑する「求婚者」(七八行) なのである。

実際ヴァージリアに会った途端、コリオレイナスはその鳩のような眼を見て「溶けそう」(二八行) になる。彼は弱気の自分を立て直して、自分が自分の「創造者」(三六行) であることを思い出すが、妻の甘いキスを受けることで彼の心は揺らぎ、自分の役割を忘れそうになる。ヴォラムニアが戦略的に嫁を先頭に出したこの心理作戦は、コリオレイナスに揺さぶりをかけ、彼は辛うじてこれに耐えたのである。

第二の戦術は、息子に跪き、頭を下げて嘆願するという懐柔策である。母は今までの「親子関係が間違っていた」(五五—五六行) かのように、「親としての従順な心」(五五行) を示して、「いつも叱っていた息子」(五七行) に膝をつき嘆願する。以前の管理、支配、強制とは反対に、ヴォラムニアは、まるでオリンパスの山がモグラの丘に嘆願するかのように息子に頭を下げる (二九—三一行)。息子に頭を下げて頼むことは不名誉と語っていた母のこの言動は、「不自然な場面」(一八四行) としてコリオレイナスを驚愕させる。ヴォラムニアは、母親が命令し息子が従うというこれまでのふたりの関係パターンを表面上転倒させ、巧みなパフォーマーとして家族の悲しみや苦悩を語って息子を翻意させようとするが、コリオレイナスの凍った心を溶かすことはできない。

三番目に取った彼女の戦術は、ローマという国家を母の胎と同一視するレトリックである。ローマは国民を育てる乳母だと考える彼女にとっては、母なる母国を攻略することは、コリオレイナスを産んだ「母の胎を踏みにじる行為」(一二三―一二四行)なのである。特筆すべきことは、従順で反抗しない妻のヴァージリアでさえも、ローマへの復讐が彼の子供を産んだ自分の胎を踏みにじることになると警告し、ヴォラムニアの主張を支持することだ。

ローマへの攻撃が母や妻の胎を踏みにじるという考えは、戦争で敵方の母、妻、娘にそのような残虐な行為をしたはず(五幕六場一一一―一一二行)のコリオレイナスにとって、忘却できない生々しい経験であろう。しかしながら、母と妻、子供の非難にもかかわらず、コリオレイナスの強固な決意は、女や子供の涙もろさに染まって崩れたりはしない。このように、母のさまざまな戦術も息子の固い決意を覆すには至らなかったが、最後に彼女は切り札を出す。

最後の切り札

コリオレイナスの心を最終的に動かすことができたのは、母親の決定的な言動だ。さまざまな戦術の果てにヴォラムニアが取った最後の切り札は、彼の母であることを否定し、その場を立ち去る身振りをすることだ。

ヴォラムニア
この男の母親はヴォルサイ人で、妻はコリオライに
いるのだろう、この子供があの男に似ているのも
ただの偶然なのだろう。さあ、もう帰りましょう。
ローマが火の海となるときまで、もう何もいいません、
そのときがきたら、少しはいいたいこともある。
［コリオレイナス］黙って母の手を取る。（五幕三場一七八―八二行）

Vol.
This fellow had a Volscian to his mother;
His wife is in Corioles, and his child
Like him by chance.—Yet give us our dispatch.
I am hush'd until our city be afire,
And then I'll speak a little.
[*Coriolanus*] *holds her by the hand, silent.* (V. iii. 178–82)

ヴォラムニアは、まず息子を軽蔑的に「この男」と呼び、彼の母がヴォルサイ人だったと断言する。つまりローマ人であるヴォラムニアは、彼の母親ではないというのだ。コリオレイナスの母であることを否定して、彼女の息子という彼のアイデンティティを剥奪しようとするこの捨て台詞は、反逆する息子の息をいわば止めるもので、息子を「殺す」言葉の暴力である。また、去り際の、これ以上は話さないという沈黙の宣言には、反逆を続ける息子への怒りと脅しが潜んでいる。ヴォラムニアが最後の手段として取ったこの「脅迫」によって、コリオレイナスは余儀なく黙って母の手を取る行為に及んでしまう。

マリアン・ノヴィは、コリオレイナスと母親の情緒的な距離の取り方について、コリオレイナスは結局、家族を無視して殺戮を続けることはできなかったし、家族に対する自分の感情に向き合う必要があったと興味深い指摘をする。(7) コリオレイナスは、一旦は母親や家族を籾殻のなかの一粒として捨てる覚悟をしたにもかかわらず(五幕一場二五—二八行)、最後の最後で情緒的で強い母子の絆に立ち返ってしまう。

コリオレイナスが自分の決意と母の説得の間で引き裂かれそうな瞬間に発する言葉には、母の嘆願に屈服せざるをえなかった息子の葛藤が表現されている。

コリオレイナス　　　　　　　　　おお、母上、母上！
あなたは、なんということをなさるのです！　ごらんなさい、天が口を開き、
神々が下界を見おろし、この自然からはずれた光景を
笑っておられる。おお、母上、母上！
あなたはローマのために幸運な勝利をかちとられた、
しかし、あなたの息子を――本当です！――
危険な道に追い込んだのです。
致命的とまではいわないまでも。（五幕三場一八二―八九行）

Cor.　　　　　　　　　　O mother, mother!
What have you done?　Behold, the heavens do ope,
The gods look down, and this unnatural scene
They laugh at.　O my mother, mother!　O!
You have won a happy victory to Rome;
But, for your son, believe it—O, believe it—
Most dangerously you have with him prevail'd,

If not most mortal to him. (V. iii. 182–89)

この短いセリフの間で彼は四回も「母上」と呼びかけ、しかも彼の最終的な決断の責任を自分自身ではなく母に転化していることは注目すべきであろう。母を籾殻のひとつとして切り捨てようとしたにもかかわらず、コリオレイナスはまたもや自分を「あなたの息子」と呼ぶことで母の立場に立った物言いをし、母親に操られる自分を客観視している。かつての母と息子の支配と服従の構図は、ここで再構築されたのである。

家族への「慈悲心」(二〇〇行)と自分の「名誉」(二〇〇行)の狭間で揺れるこの場面のコリオレイナスの胸中には、「慈悲心」のほうが喚起され、彼は心理学的にいう、息子による母殺しができなかったのである。ローマという国家を捨てようとしたコリオレイナスは、いったんは母をも捨てようとしながら、最終的にはまたもや母に取り込まれる。コリオレイナスの精神構造には、断ち切れない母への愛があり(五幕四場一五行)、最後に優先したのは母をはじめとする家族への愛情であった。

愛国者としての母

一方のヴォラムニアは、息子への愛情はもちながらも、最後はローマという国家に取り込まれる母であり、母国を救済しようとする愛国者である。ここに、母と息子の大きな相違点がある。かつて護民官たちから狂気の扱いを受ける(四幕二場九行)ほどに息子の追放処置に怒り狂ったヴォラムニアであるが、その「怒り」(五〇行)は護民官や平民に対するものであって、階級が上の元老院や貴族たちに対しては彼女は恭順の意を表している。だからこそ、彼女は元老院や貴族の意を受けて息子に嘆願に行き、国家を救済するという挙に出るのだ。

劇終盤、ヴォラムニアはローマを劫火から救った「恩人、ローマのいのち」(五幕五場一行)として勝利をおさめ、コリオレイナスも指摘するように、彼女の功績はローマから神殿を建立してもらえるほどに偉大なものとなる。ヴォラムニアは息子を説得することで彼を喪失するが、元老院、執政官、貴族そして敵対していた護民官や平民からも大歓迎を受け、ローマの偉大な母として名を残す。『コリオレイナス』では"home"="Rome"("So, we will home to Rome" (V. iii. 172))であり、しかも"home"という語は、シェイクスピアの他のどの作品よりも多い。

ヴォラムニアは、ヴォルサイとローマに和平を結ばせる使徒としての役割を遂行し、結果的に息子を殺すことになるが、彼女にはそれ以外の選択肢がなかったのであろうか。国と個人の幸福は、必ずしも合致せず、むしろ相対立することも多い。ヴォラムニアは息子よりも国を優先させ、ローマの軍事体制の維持、強化、再生産に寄与したローマの賢母となった。彼女が「スパルタの母」であることと、軍国主義ローマの賢母であることは通底している。

ヴォラムニアの母性は、軍国主義下の母として国家権力に寄り添う母性ファシズムとでもいうべきもので、彼女はローマへの忠誠心に身を浸している。彼女の母性はローマの政治に深く関与し、ローマの崩壊を食い止めた。歴史的にみると、母性はナショナリズムと相性がよい。ローマの軍国主義イデオロギーに完全にからめとられた母ヴォラムニアは、ローマの対外的侵略に手を染めているのである。

3　ヴォラムニアとヴァージリアの時間

母と妻の時間

ヴォラムニアが息子のみならず、嫁のヴァージリアをどのように支配、管理し、それが国家とどのような関連をもつかを考察しよう。ヴァージリアは女性の美徳とされる、従順、貞節、寡黙を絵に描いたような、いわゆる理想的な女性である。戦いに出かけているコリオレイナスを待ちながら、姑と嫁が居間で縫い物をしながら時を過ごす「母と妻の時間」をみよう(図11)。

ヴォラムニア　お願いだから、娘よ、歌を歌うか、もっと楽しそうな様子をしておくれ。もし息子が私の夫だとしたら、手柄を立てるために出陣して行った留守中のほうが、

私はずっと嬉しいですよ、
ベッドで抱かれて愛情を示されるときよりも。（一幕三場一―五行）

Vol. I pray you, daughter, sing, or express yourself in a more comfortable sort. If my son were my husband, I should freelier rejoice in that absence wherein he won honor than in the embracements of his bed where he would show most love. (I. iii. 1–5)

この会話のなかで「もし私に夫がいるならば」という代りに、「もし息子が私の夫だとしたら」と唐突に切り出す仮定法そのものが、またもやヴォラムニアと息子がカップルであるかのような印象を与え、異様な感じを免れない。ヴォラムニアはヴァージリアを「娘」（一行）と呼んでいるが、ここ以外にも他の二箇所（一幕三場一五行、五幕三場一五五行）において「娘」と表現する。ヴァージリアはコリオレイナスの妻というより、「家父長」としてのヴォラムニアの「娘」としての地位にあるように思える。ヴァージリアは戦争に行った夫の身を案じ、何も語らず、いわば鬱状態にある。息子を戦争に出したヴォラムニアは生気に溢れているのに対して、ヴァージリアは憂鬱で歌も歌わず、家に囲い込まれた寡黙な女、影の薄い女となっている。

ヴァージリアは、夫をめぐって義理の母と対立することも嫉妬を抱くこともない。プルタルコスでは、コリオレイナスは母の選んだ女と結婚したことになっているが、シェイクスピアの場合は明らかではない。しかし、ヴァージリアがヴォラムニアにとって、お気に入りの嫁であることは想像できる。ヴァージリアはヴォラムニアとともに、男は外、女は内という男女の性別役割分業を遵守し、再生産することに寄与している。

図11　ヴォラムニア(左)とヴァージリア。ジョルジオ・ストレーラ演出，1957–58年。

家族は直接に女のセクシュアリティと身体を統御する仕掛けであり、それを管理、支配するのは父権制である。ヴァージリアは、ローマの父権制を批判する視点は持ち合わせず、父権制に内属し、そのジェンダーの社会的構築に関与している。また後述するように、ヴァージリアは戦争下、日常生活のなかでひとり息子を未来の戦士として養育しており、ローマの社会構造維持に貢献しているのだ。

縫う女

この伝統的な閉じられた家に外から新鮮な空気を運び込むのが、若くて明朗な異色の女性ヴァレーリアである。ヴァレーリアからみると、ヴォラムニアとヴァージリアは、「家を守る人」(一幕三場五一―五二行)、つまり「よき主婦」であり、堅苦しく真面目な女性たちだ。ヴァレーリアの訪問の目的は、縫い物に励むふたりの女たちを外出させることだ。とくに家のなかに閉じこもって縫い物に専念するヴァージリアの気晴らしのために、彼女は産褥期の女性の見舞いを熱心に提案する。

若いヴァレーリアは、縫い物に没頭する貞淑なヴァージリアに主婦を怠けようと極めてラディカルな誘いかけをする。しかし、縫い物や刺繍など「女らしい」仕事に専念することが「よい女」であるというステレオタイプに囚われているヴァージリアは、夫が帰還するまで戸口を出ないと主張し、「もうひとりのペネローペ」(八二行)のようにセクシュアリティを封じ込めている。

ここで、ヴァージリアが熱心に従事する家庭内の労働である縫い物について考えてみよう。古くから女は階級にかかわらず、布仕事に従事するのが習わしで、布を織ったり、糸を紡いだり、縫い物をしたりすることは女のたしなみであった(図12)。若桑みどりは、ヨーロッパでは労働(紡ぎ)と売春、貞節と淫乱が二極的対立図像として十五世紀ごろからイメージ化されていることを指摘する(8)。縫う女や紡ぐ女の表象はまさに貞節の表現であり、ヴァージリアが熱心に針仕事に従事する姿

図 12 「グラッチ家の女性たち」，ピーター・ファーニアス画，1573 年。ヤン・ヴァン・デル・シュトレート著『著名なローマの女性たち』の挿絵。

は、外への誘惑を断ち切るもので、淫乱という悪徳の対極を示している。

ヴァレーリアが言及するユリシーズの妻のペネローペは、夫がトロイ包囲のために二十年間留守をしていたときに、家で機織りに専念しながら、言い寄る求婚者を追い払った貞節な妻である。ヴァレーリアは、このペネローペが糸を紡いでいたら男たちが糸に操られるように言い寄ってきたと、機織りがいかに逆効果であったかを諭す(八二―八四行)。さらにヴァレーリアは、ユーモアたっぷりに針を刺される麻布がかわいそうだとウィットに富んだ会話を展開し、ヴァージリアの閉じた心を解きほぐそうと試みてもいる(八四―八六行)。

閉鎖的な世界にいるヴァージリアの不健全さを危ぶみ、彼女の気持ちを外に向けさせようと試みるヴァレーリアは、女同士の連帯、シスターフッドを感じさせる「新しい女」である。彼女は針仕事が女を抑圧し、家に閉じ込め、公共の場所から追放することを見抜いているように思える。[9] ヴァレーリアは、家にこもり針仕事に専念したがるヴァージリアの「病気」の治療として、彼女を戸外に出す必要性を感じているのだ。

近代初期イングランドにおける針仕事は、椅子に腰掛け頭を垂らすために、いかにも女らしい仕事とされたが、リーナ・オーリンは、針仕事に対するヴォラムニアとヴァージリアの相違を論じ、ヴォラムニアの野心や欲求はヴァージリアと違って余りに大きく、ヴォラムニアは針仕事だけに満足できる女ではないことを指摘する。[10]

ヴォラムニアは針仕事に囚われず、ヴァレーリアと一緒に出かけて気晴らしをする余裕をもちあわせているが、ヴァージリアは夫が戦争に出かけている最中に、自分が外出して楽しむことは許されないと自分自身を徹底して抑圧する。彼女はヴォラムニアによれば「楽しい気分を害する女」(一〇四—〇五行)で、暗い気分を伝染させる。女は、昔から欲望を抑圧せよと命じられ、欲求不満、抑鬱症、神経衰弱になることが多々あったが、ヴァージリアはこのような精神的な病に陥りかねない危険性を感じさせる。家を守る「よい女」であることがあたかも強迫観念となっているヴァージリアは、ヴァレーリアの再三の誘いを拒否し、ヴァレーリアから夫の無事の朗報を受けてもなお、外出することを拒むのである。

4　母性、家族、国家

妻の涙の役割

コリオレイナスは母との対話が数百行に及ぶのに対し、妻との対話はテクスト中わずか数行であり、それも対話と呼べる代物ではない。二幕一場で凱旋の帰還を果たした夫を迎えるときも、ヴァージリアは笑顔ではなく涙で迎える。

コリオレイナス　　　やあ、かわいい黙り屋さん！
私がひつぎにでも入って帰還すれば、笑顔をみせたのかね、
凱旋を泣き顔で迎えるとは？　ああ、ヴァージリア、
そのような目つきは、コリオライの寡婦や
息子をなくした母たちがしていたものだが。（二幕一場一七五―七九行）

Cor.　　　My gracious silence, hail!

Wouldst thou have laugh'd had I come coffin'd home,
That weep'st to see me triumph? Ah, my dear,
Such eyes the widows in Corioles wear,
And mothers that lack sons. (II. i. 175–79)

プルタルコスではコリオレイナスを涙で迎えるのはヴォラムニアであるのに、シェイクスピアでは妻のヴァージリアが、何もいわずに沈黙したまま泣き顔で夫を出迎える。ヴァージリアの泣きはらした眼に、コリオレイナスは夫や息子を失ったコリオライの女たちの眼と同じものを見ている。彼女は登場する五場面のうち、四場面で涙を流している。彼女の涙の場面は、夫の凱旋(二幕一場)、夫の追放(四幕一場)、護民官との対話(四幕二場)、夫の説得(五幕三場)の四箇所である。

ヴァージリアの涙は、夫との個人的な関係において流されるものであるが、それだけには止まらず、戦争下においては別の役割も担っている。ナンシー・ヒューストンは、ホメロスの『イリアッド』においては、女性たちの哀しみ、涙、嘆きは戦争の目的のひとつであり、彼女らの涙には、意図的なものもあると指摘する。[11] ヴァージリアの涙も、戦う男たちを励まし、応援し、栄光化する戦争目的のひとつとして機能していることに留意すべきであろう。

コリオレイナスの言葉を借りれば、ヴァージリアの眼は鳩のように平和を願う柔和な眼であり、鎧も刺し貫くほどに鋭い眼（五幕四場二〇―二一行）をもつコリオレイナスの心を開かせる可能性をもっているのだが、ふたりのコミュニケーションは密ではない。コリオレイナスとヴァージリアは、ヴォラムニアの存在ゆえに親密な夫婦の関係を欠いている。ヴァージリアは、夫と本音で語る言葉をもつことができず、愛も悲しみも怒りも、すべての感情を封じ込めて受身の姿勢に徹している。

ヴァージリアが護民官のシシニアスに止まるように命令する言葉、「行ってはなりません。ああ、夫にこの言葉をいう力をもっていたかった」（四幕二場一五―一六行）のなかで、彼女はローマを追放される夫を止める力をもたなかったことを嘆息する。彼女の家庭内での立場は、権力をもたない嫁のそれである。

しかしながら、ヴァージリアは父権制における家の重要性をしっかりと内面化している。彼女がシシニアスに放つ手厳しい言葉、「あの人はあなたの血筋を根絶やしにするでしょう」（二六行）は、家制度の存続に血筋の継続性がいかに重要であるかを認識したもので、コリオレイナスの息子つまり、後継者を産んだ彼女ならではのものである。家族におけるヴァージリアの立場は、小マーシャスの母として、尊重され堅固なものになっていく。ヴォラムニアがそうであったように、ヴァージリアも家庭内での女主人としての権威を確立するであろう。ローマ父権制のジェンダー秩序のなかで、ヴァージリアは女として下位に属しているが、家庭内での階級秩序においては母親の地位にあるので、いずれは権力を獲得していくことが予想される。

幼き戦士

プルタルコスではコリオレイナスにふたりの幼児がいるが、シェイクスピアのコリオレイナスには、息子はひとりしかいない。コリオレイナスは息子との対話をほとんどもたず、未熟な父親という印象が強く、父性欠如が指摘できよう[12]。

小マーシャスに関する興味深い事件が、訪問したヴァレーリアによって語られる。

ヴォラムニア　剣を見たり太鼓を聞いたりするほうが、
　学校の先生の顔を見るより好きという子ですから。
ヴァレーリア　さすがお父様の子供さんですね。
　本当にかわいらしい坊っちゃん。そういえばこの前の水曜日、
　半時間ほどいっしょに過ごしました。しっかりした顔つきを
　されていますね。きれいな一羽の金色の蝶を追いかけていて、
　つかまえては放し、放してはつかまえ、
　繰り返しているうちに、

転んだので腹をお立てになったのかどうですか、
その蝶を歯で食いちぎられたのです、
ほんとにちぎれちぎれに。
ヴォラムニア　あの子の父親がかんしゃくを起こしたときとそっくりですわ。
ヴァレーリア　ほんとにりっぱな子供さんですね。
ヴァージリア　いたずらで困ります。（一幕三場五五―六八行）

Vol. He had rather see the swords and hear a drum
than look upon his schoolmaster.
Val. A' my word, the father's son. I'll swear 'tis
a very pretty boy. A' my troth, I look'd upon him a'
We'n'sday half an hour together; h'as such a confirm'd
countenance. I saw him run after a gilded butter-
fly, and when he caught it, he let it go again, and after
it again, and over and over he comes, and up again;
catch'd it again: or whether his fall enrag'd him, or

how ’twas, he did so set his teeth and tear it. O, I
warrant, how he mammock’d it!

Vol. One on ’s father’s moods.

Val. Indeed la, ’tis a noble child.

Vir. A crack, madam. (I. iii. 55–68)

幼い小マーシャスが蝶を「ちぎれちぎれ」にしたことに、三人の女たちは小マーシャスの「男性」の萌芽を読み取って喜んでいるが、この出来事は小マーシャスがコリオレイナスと類似している例証である。

この明るい色の蝶のメタファーは、何であろうか。この蝶が、弱く美しいものとして女性を表象すると考えられないだろうか。小マーシャスが蝶を追いかけては放し、放しては追いかける有りさまは、蝶をいたぶっていることを表しており、蝶は戦争で逃げ惑う女たちのイメージと重なる。戦争下では、娘や妻たちが凌辱されることは日常的だ（四幕六場八一―八三行）。コリオレイナスの息子が蝶を「ちぎれちぎれ」にしたことは、コリオレイナスの行為の再生産といえるのではなかろうか。

小マーシャスは、祖母の言葉を借りれば、学校の先生よりも剣や太鼓のほうが好きな子であり、父親似の武勇を最大の美徳とするローマのエトスに影響された軍国少年である。テクストにおける小マーシャスの唯一の台詞、「お父さんにぼくを踏ませません、ぼくは逃げて、大きくなって、それから戦います」(五幕三場一二七―一二八行)は、祖国ローマを滅ぼす父への敵対宣言と解釈できる。ローマを守る幼き戦士は、父亡き後は祖母や母の応援のもとに母国を守るよき戦士として育つことが推測される。残酷な行為を元気な腕白坊主として賛美する女たちの姿勢は、強い戦士を再生産していく。

ヴァージリアも加齢とともに自然な感情を薄れさせ、ヴォラムニアの「娘」としてヴォラムニア的人間に変貌していくのであろうか。血を見るのを怖がっている彼女も、自分の息子をローマのために戦場に送り出し、名誉のために戦死さえも厭わない軍国主義の母となる予感もする。

ヴォラムニアは、女の身体は、ただ一度の結婚と母性としての機能のためにのみ存在するという考えのもとに、未亡人となった嫁のセクシュアリティを管理、支配するであろう。ヴァージリアもコリオレイナス亡き後、若い頃の息子を慈しむ感情が抑圧され、国のために喜んで息子を差し出す「スパルタの母」へと変わる可能性が大きい。ヴォラムニアとヴァージリアは、正反対の女性であるような印象を与えるが、ふたりは意外に近いところにいるのかもしれない。

父権制の代理人としての母

ヴォラムニアがコリオレイナスの死を嘆く場面はテクストになく、劇はオープン・エンディングとなっている。ローマのために息子を犠牲にしたヴォラムニアは、ローマと和解して死んだ息子を誇るのであろうか。彼女は直接息子の死に手を下したわけではないが、母への服従がコリオレイナスを死に至らしめたことは明白である。母のもとを離れ、新たな自分の人生を選択していたコリオレイナスは、オーフィディアスに殺される前にすでに母によって潰されたのである。

問題は、ヴォラムニア自身が最後までそれに思い至る気配がないことである。彼女は息子の人生を奪い、支配し、死に至らしめたことに気づかない。メニーニアスは、「名誉あるローマが畜生の母のようにその子を食い殺す」(三幕一場二八九―九二行)と嘆くが、ローマとヴォラムニアは重なる。ローマがコリオレイナスを飲み込むように、母は息子を飲み込んだのである。ヴォラムニアの名前の語源は、“volumen”であり、“book”“volume”の意味がある。[13] 彼女の名は、まさに母性の孕む闇、暗く深い穴のメタファーだ。ヴォラムニアの母性が、コリオレイナスを死に追いやったという点は看過できないだろう。

『コリオレイナス』を読むと、母性愛が幻想であり、母性が抑圧構造として働きうることがわかる。母役割にのみ収斂されて自分自身を生きていないヴォラムニアの言動は、個人としての性格や気質だけに還元できるものではない。それは、個人をはるかに超えて強大な力をもった構造、つまりローマの父権制、軍国主義という社会的な構造からも考察されるべきである。

ローマでのヴォラムニアの立場は、「父」の役割を果たす母である。父権制は女を蔑視するが、母性は礼賛するので、女は母として権力を行使できる。それは母による父権制の代行権力の行使というべきもので、女は母性という舞台で抑圧者となりうることを示す。ヴォラムニアは、女として「周縁」にいながら、母としてローマ父権制の「中心」に位置している。

ヴォラムニアの母性は、戦争下においてどれほど加害者としての役割を担ったことであろうか。ローマとタークイン、ローマとコリオライとの戦いのなかで、ヴォラムニアの母性イデオロギーはローマに加担し、ナショナリズムと結託している。だからこそローマの元老院や貴族たちは、母を前面に押し出すことで、コントロールのきかないコリオレイナスを巧みに操作することができたのである。

ヴォラムニアは、子供や孫をもつことで重層的な時間をもてる立場にありながら、その特権を捨てた。彼女の生きてきた時間は、コリオレイナスや孫との接触で、「人生の全過程を底面とする巨大な円錐形としての時間」となり、彼女は「さまざまな位相の時間を螺旋的な同時性において蘇らすこと」(14)ができたはずである。

つまり、過去と現在、未来と過去が自由に行き交い、直線の時間には子供の存在により別の位相が付け加えられ、孫を見ることによってコリオレイナスの幼少が想起され、さらに白分の幼少とも重ね合わされることが可能だ。ヴォラムニアがこの特権を大切に思っていれば、コリオレイナスを死に追いやることを防げたかもしれない。

しかし、彼女は子供の幸福を第一に考える母親ではなく、軍国主義の母に徹した。さらに、小マーシャスも父と同様に、祖母や母によってローマの父権制の武将となるべく教育されていくであろう。ローマという国において、女の生殖、女の母役割がいかに重宝で利用しうるかということが見てとれる。子を産み育てることはそれ自体充足を与える要素をもつので、国がいかに生殖と母役割を支配し利用しても、それは不透明で見えにくい。母としてのヴォラムニアの愛は、まさに政治に利用されたのである。結局、ヴォラムニアは、母性という罠で国家に利用されたのであり、彼女も被害者といえるのである。

第五章

ハーマイオニの変貌

『冬物語』*The Winter's Tale*

『冬物語』のハーマイオニは、劇の始めでは潑剌として豊かな人間性と機知に富み、雄弁な言葉をもつセクシュアリティ溢れる魅力的な王妃、妻、母として表象されている。材源であるロバート・グリーンの『パンドスト』では、ハーマイオニに当たるベラリアは不貞の疑いをかけられて悲嘆のうちに死ぬが、シェイクスピアはハーマイオニを「死んだ」ことにして十六年後に彼女を蘇らせるという大きな変更を加えた。劇の最終場、十六年後に再び観客や読者の前に登場するハーマイオニは、極端なまでに変化して、生彩を欠いた寡黙な「彫像」となっている。彼女のこの著しい変貌が、この作品ではどのような意味をもっているのかを、夫のレオンティーズ、娘のパーディタ、またハーマイオニを守り続ける女官ポーライナを論じながら浮き彫りにしたい。

1　ハーマイオニのセクシュアリティ

ハーマイオニの雄弁

劇の始めのハーマイオニは、シシリア王レオンティーズの王妃であり、七歳の息子をもつ母である。彼女は、近代初期イングランドの父権制が女性に要求する美徳である「貞節」とある程度の「従順」をもっているが、残りの「寡黙」という要素はもたない[(1)(2)]。しかも彼女に、シェイクスピアが豊かなセクシュアリティを付与していることは注目すべきであろう。ハーマイオニは幼子をもつ母でありながら、セクシュアリティ豊かな女でもあるということが、夫の嫉妬を誘発する要因となる[(3)]。レオンティーズが嫉妬する、一幕二場のハーマイオニとボヘミア王ポリクシニーズの会話には、夫の飾りとして存在するのではなく、自分の言葉で相手を動かす、王妃としての「主体」と威厳がうかがえる。

ハーマイオニの雄弁な言葉は、帰国を急ぐポリクシニーズを説得し、滞在延期を成功させる。その切り札となる表現は、「客（guest）」（一幕二場五三行、五五行）として留まるのでなければ、「捕虜（prisoner）」（五二行、五五行）として宮殿に留め置くというものである。「捕虜」とは不穏な表現に聞こえるが、次に引用する『ヴィーナスとアドーニス』にもあるように、自分の恋の「虜」と解釈すれば甘い誘惑にも聞こえる。[4]

このように私[ヴィーナス]は、世を支配する彼を支配し、
赤ばらの鎖につないで虜とした。(『ヴィーナスとアドーニス』一〇九―一一〇行)

Thus he that overrul'd I oversways,
Leading him prisoner in a red rose chain; (*Venus and Adonis*, 109–10)

ハーマイオニは意図してはいまいが、「捕虜」という言葉に「性的に支配される恋の虜」という意味を読み込むことは可能であろう。

そうすると、これに対するポリクシニーズの返答には、「あなたの恋の虜となれば、あなたに罪を犯すこと、つまり性的な関係をもつことになり、それは私にはできないことなので、お客になります」という裏の意味を読むことができる。さらに、ハーマイオニの取った「歓待(entertainment)」(一一一行、一一八行)が後にレオンティーズの嫉妬を誘発することを考慮すると、「客(guest)」(五五行)をもてなす「親切なホステス(kind hostess)」(六〇行)というハーマイオニの言葉に、性的に歓待する

というニュアンスを認めることも可能で、彼女の言葉は実に微妙なものとなっている。シェイクスピアはハーマイオニにセクシュアルなニュアンスを含んだ意味深長な言葉遣いをさせ、レオンティーズの嫉妬を誘う布石としている。レオンティーズは、自分ではポリクシニーズを翻意できず、セクシュアリティの力を借りたハーマイオニの弁舌が功を奏したことに衝撃を受ける。ポリクシニーズがハーマイオニの「懇願を叶えた」（二三二―三三行）という廷臣カミローの表現に、レオンティーズは性的な意味を読み取り、両者の性的な関係を確信する。

近代初期イングランドの貞節の概念をヴァレリ・トラウブのように捉えるならば、(5) ハーマイオニは「静かで、冷たく、引きこもって」いるべきであったのに、彼女は「雄弁で、熱く、オープン」であった。この場のハーマイオニの巧みな弁舌は、第二章『じゃじゃ馬馴らし』のキャタリーナの例が示すように、当時のジェンダー観では「逸脱」である。ハーマイオニはこの「逸脱」によって政治を動かすことはないが、王を助ける王妃として、「主体」と威厳をもってみごとにポリクシニーズを動かしたのである。

ハーマイオニのこの場の雄弁は、『オセロー』のデズデモーナがサイプラス島の海辺でキャシオーと手を取り合って饒舌に語る場面（二幕一場）を想起させる。この場面のデズデモーナの多弁がイアーゴーに彼女の「逸脱」を印象づけたように、ハーマイオニの雄弁はレオンティーズに彼女の「逸脱」を確信させたのだ。

溢れるセクシュアリティ

説得が成功した後もハーマイオニとポリクシニーズの会話は続くが、そこで結婚や女性のセクシュアリティに関するふたりの考え方の相違が明白になる(一幕二場六二―八六行)。ポリクシニーズは自分とレオンティーズはかつて無垢で永遠の少年であったのに、今は妻となった女たちの誘惑により罪を犯したと、冗談めかして非難の矛先を女性たちに向ける。

ポリクシニーズは妻と離れて九ヵ月間もレオンティーズのもとに滞在しているが、ポリクシニーズの妻は「非在」のままである。舞台がボヘミアに移った十六年後も、ポリクシニーズの妻は登場しない(この時点では、死んでいる可能性が高い)。彼の妻の奇妙なまでの「非在」は、第六章『テンペスト』で問題視される、プロスペローの妻の「非在」と通底する。つまりポリクシニーズの妻は、みごとに劇から排除されているのだ。ポリクシニーズが語る、息子が彼の人生の生きる意味であり、すべてであるという述懐(一六五―七一行)には、息子を愛する子煩悩の父親像が見られるが、それはまた家父長であるポリクシニーズにとって最終的に大事なのは、妻よりも王位継承者となる息子フロリゼルであるということだ。

ポリクシニーズが父権制の権化であることは、後半、息子と「羊飼いの娘」パーディタの「婚約」に際してみせる彼女への侮辱的な態度からも判明するであろう。ポリクシニーズは、ハーマイオニを「聖女」(七六行)に分類し彼女を称賛するが、一方パーディタに対しては、「羊飼いの娘」が息子を誘惑したかどで、「魔女」のレッテルを貼るのだ（四幕四場四三四行）。父権制は女性を聖女か魔女に二極分解してきたが、ポリクシニーズはここでまさにそれを実践しているのだ。

一方ハーマイオニは、女性のセクシュアリティを容認する近代初期イングランドの新しい考えを抱く「新しい女」である。彼女は結婚によるセックスを「悪」（一幕二場八三行）と考えてはいないので、女が男を堕落させるイヴだと考える[6]ポリクシニーズの発言に抗議をする。プロテスタンティズムが主張する「貞節な結婚」を信じるハーマイオニにとっては、女が男を誘惑する「悪魔」（八二行）といいかねないポリクシニーズの女性嫌悪的な発言は、受け入れがたい。

しかしながら、ハーマイオニはここでポリクシニーズの妻の代弁も兼ねて、夫たちが自分たちとだけ初めて罪を犯し、犯し続け、他の誰とも犯さないのであれば、その責任を女である自分たちが負う（八三―八六行）という柔軟な姿勢を取る。このように彼女はポリクシニーズの女性嫌悪に対して、機知に溢れるみごとな対応をして彼を「歓待」する。

筆者は、このハーマイオニの心の余裕は、二度目の妊娠と深く関連していると考える。シェイクスピアは二幕一場になるまで妊娠に言及していないが、伏せられた状況では多少不自然に思えるハーマイオニのこの場の言動も、妊娠を知っていれば別の解釈ができる。彼女はこの時点で臨月と思われるが、この時期は早産の可能性があるとはいえ安定した時期であり、しかも二回目の妊娠ということで彼女は精神的な余裕をもっている。ハーマイオニが自分のためだけでなく、お腹のなかで動いている自分の分身のために生きていること、それが彼女に人間としての優しさ、すべてを包み込む寛容さ、まぶしいほどの自信を与えている。

ハーマイオニの場合、妊娠は夫に従属して生きるのでなく、自分のアイデンティティをしっかりと掴む機会を与えている。頰も胸も、そしてお腹も全体的にふっくらと大きくなったハーマイオニの妊娠が象徴するのは、すべてを受け入れる心の豊かさ、包容力である。さらに、彼女の妊娠した体は、レオンティーズが描写する(二幕二場一〇八—一九行)ように官能的なものをも表現する。ハーマイオニは性的魅力に溢れ、自信に溢れ、夫以外の男性とも大人の会話をする心のゆとりがある。彼女は結婚したてのデズデモーナや『シンベリン』のイモジェンより、はるかに成熟したセクシュアリティをもっている。またシェイクスピアの描いた幼な子をもつ母のなかで、この時点のハーマイオニほど円熟し、自信があり、生彩を放っている女性はいない(図13)。

図 13　チャールズ・キーン夫人演じるハーマイオニ。C. R. レスリー画, 1856 年。

2　夫婦のズレ

未熟なレオンティーズ

ハーマイオニは夫にピューリタンの新しい夫婦の関係を求める女性であるのに対して、レオンティーズはポリクシニーズ同様、伝統的、保守的な価値観をもつ男性である。約八年間の結婚生活の間に二度だけ立派なことをいったとレオンティーズから評されたハーマイオニが、夫からの誉め言葉に飢えている女たちの状況(一幕二場九〇—一〇一行)を述べるくだりがある。この会話には、ハーマイオニとレオンティーズの対話の貧しさ、とくにレオンティーズからの語りかけの不足が露呈されている。ハーマイオニは、女は夫の誉め言葉に飢えていると一般化しているが、これは彼女自身の願望にほかならない。

彼女はここで、レオンティーズから称賛の言葉を引き出すことに固執する。乗馬のイメージを使ったセックスを連想させるハーマイオニの台詞(九四—九六行)は、シェイクスピアが彼女に官能性を織り込んだとしてよく引き合いに出されるが、この言葉の根底には、「理想的な夫婦」でありたいと願い、夫の愛とやさしさを希求するハーマイオニの願望がある。ふたりの間に潜むズレは劇中に散見されるが、そのズレは、すでにレオンティーズの求婚の際に存在していた。

求婚されたハーマイオニは、レオンティーズへの返事を逡巡する（一〇一―〇二行）。ハーマイオニが三ヵ月にもわたって煮え切らない態度を取った理由は明白にされていないが、彼女はレオンティーズの人間性に疑問を抱き、結婚を躊躇していたと推測されるのである。レオンティーズにとって三ヵ月が辛酸の日々であった理由は、ハーマイオニの返事が否定的なものになる可能性を感じていたからであろう。三ヵ月後にやっとハーマイオニはその「白い手」（一〇三行）を開き、レオンティーズに心を開いた。

このことからふたりの初期の関係は、娘のパーディタとフロリゼルの関係とは異なって、レオンティーズの片思い的なものであり、熱烈な男女の恋愛関係ではなかったと考えられる。ハーマイオニが婚約以前にレオンティーズに抱いたであろうふたりのズレは、登場人物の言葉によって補強される。多くの登場人物がハーマイオニを絶賛する一方、レオンティーズを暴君呼ばわりしており、彼への称賛は皆無である。こうした登場人物の評価は、ふたりの人間性の違いを際立たせる。

レオンティーズの未熟さ、幼児性、(7) 暴君性、女性嫌悪は、いかに彼が嫉妬に駆られたからとはいえ、レオンティーズという人間の一端を表すものだ。それらは、いろいろな形で劇中に見られる。たとえばレオンティーズは、強力な味方と同盟国をもつ強大なポリクシニーズの代りに、女であり彼の手が届く、自分より弱い立場の妻に復讐するという手段に出る。さらに、母を愛してやまない七歳の息子の眼前で母親の「不品行」（二幕三場一三行）を糾弾し、息子を母親から引き裂くという無神経で残酷な仕打ちをする。このように、ハーマイオニとレオンティーズの精神的成熟度の隔たりが、ふたりに悲劇的な結果をもたらしたといえよう。

ハーマイオニの妊娠が意味するもの

ふたりにとって不幸なことに、レオンティーズは妻の精神的、肉体的状況を理解できるほど成熟していない。彼は妻の妊娠によって精神的にも肉体的にも不安定な状態に陥り、生まれてくる子を妻と共に心待ちにするというより、妻の妊娠によって疎外感を味わっているように思える。

不安定な心理状態であるのに加えて九ヵ月も滞在している幼なじみのポリクシニーズ、彼はレオンティーズが頼んでも断わったのに、妻の懇願によっていとも簡単に滞在を延期した。ふたりの男とひとりの女の関係が些細なことでバランスを崩し、悲劇を招くのは不思議ではない。自分の目前で大きなお腹の妻がポリクシニーズと性的な会話に興じ、手を取り合っているのを見たとき、レオンティーズの不安定な精神状態のなかで突如、妻のお腹の子は、妊娠初期から滞在していた親友の子供ではないかという疑念が湧いてきたのである。

シェイクスピアはレオンティーズの嫉妬を視覚的、感覚的に描いている。大きなお腹の妻とポリクシニーズが親しげに語り合い、このふたりを少し離れた場所からレオンティーズが見守るという、一枚の絵を見るような描写である。レオンティーズは妻の不貞を信じない家臣の無感覚さを罵倒する。「自分は目で見、手で触れている」（二幕一場一五二行）という言葉は、妻の不貞の証拠は妊娠で大きくなったお腹だという意味である。つまりハーマイオニが妊娠していなければ、レオンティーズの嫉妬も生じなかったかもしれないのである。ピーター・エリックソンは、オセローの嫉妬に果たしたイアーゴーの役割を、レオンティーズの場合ハーマイオニの妊娠が果たしていると論じる。(8) レオンティーズとハーマイオニの場合、妊娠は夫婦を一層結びつけるのではなく、心理的距離を増幅したといえる。

3　母、息子、娘

ハーマイオニの母性

劇の始めのハーマイオニには、主体性と豊かなセクシュアリティ、そして包容力をもつ魅力的な女性像が与えられているが、レオンティーズにとっては妻の主体性やセクシュアリティは脅威であったに違いない。レオンティーズはハーマイオニの母性を認めることはできても、「新しい女」としての「主体」をもった彼女を受け入れることができない。また、妻のセクシュアリティに関しても、自分のコントロールを越える可能性があると感じたレオンティーズは、それを容認できなかったのである。

ハーマイオニのひとりの人間としての「主体」は、劇の進行と共に弱められていく。年とともに円熟していくはずであった彼女の人間性は、この後、虐げられ尻すぼみになる。彼女が王妃、妻というアイデンティティを喪失したときに、結婚前のアイデンティティが彼女にとって重要になる。ヴァレリ・トラウブは、『お気に召すまま』のジェイクィーズが示唆するように、人間(＝男性)は人生において赤ん坊から老人になるまで七段階をもつが、女性は結婚しているかどうかで娘、妻、寡婦という三段階しかもたないと指摘する。(9)

結婚によって王妃、妻という確固としたアイデンティティをもっていたハーマイオニは、レオンティーズの不興を招いたことでそれらを失い、結婚前の彼女のアイデンティティである娘が浮上してくる。「ロシア皇帝」(三幕二場一一九行)を父にもつ、「偉大な王の娘」(三九行)としてのプライドが、彼女の心の支えとなる。

さらに子を想う母としてのもうひとつのアイデンティティが大きく機能し、ハーマイオニは三幕二場の裁判の場面でレオンティーズの権力に屈しない毅然とした母を演じる。ハーマイオニの母性は強い原動力となり、彼女は「未来ある王子の母」(四〇行)として、マミリアスのために自分の名誉を守ろうとする。

ハーマイオニ　　　　いのちについては、悲しみと同じもの、

なくても構いません。しかし名誉は、
私から子供に受け継がれるもの、
そのために私は闘います。（三幕二場四二―四五行）

Her. For life, I prize it
As I weigh grief, which I would spare; for honor,
'Tis a derivative from me to mine,
And only that I stand for. (III. ii. 42–45)

母としての名誉を死守するこの行為は、後に彼女が娘のために生き続けることと通底するものであり、そこには子供のために生きる母としての表象がある。

裁判の場面でシェイクスピアはレオンティーズに二十六行、ハーマイオニにはその三倍以上の八十八行のセリフを与え、雄弁に自己弁護をする強い母を演じさせる。ハーマイオニは夫が「捕虜」（八行）として自分を閉じ込め、面会権を剥奪し、自分を「娼婦」（一〇二行）と公布したこと、さらにはどの階級の女性にも許される産褥期の安静を許さず法廷に出頭させたことを取り上げ、法律を無視した彼の暴君性と「過剰なまでの女性嫌悪（immodest hatred）」（一〇二行）を理路整然と指摘する。

材源の『パンドスト』のベラリアが牢獄でヒステリックに悲嘆にくれるのに対し、ハーマイオニは牢獄でも裁判の場面でも一滴の涙も流さない。涙を流すことを拒否した彼女は、『ヘンリー八世』の王妃キャサリンを彷彿とさせる。離婚寸前のキャサリンは、王妃の地位が夢のようにはかないものであるならば、王の娘、つまり王女という結婚前の自分の立場を拠り所として、涙を火花に変える決意を吐露する。(10) 同じように、ハーマイオニも王妃として涙を流さない理由を廷臣たちの前で明快に説明し、涙を「むなしい露」（二幕一場一〇九行）と表現して、ステレオタイプな「女の涙」を拒否する。

涙を流すという「女らしさ」を拒絶するハーマイオニには、王妃の威厳とプライドがあるのだ。さらに侍女の涙をも禁止する彼女は、最後まで冷静な理性を失わず、言葉で身の潔白を訴え、レオンティーズ以外のすべての人を納得させることができる。王妃キャサリンが裁判を拒否しローマ法王の裁決を仰ぐのに対して、ハーマイオニはアポロの神託に訴える。ハーマイオニは、『シンベリン』で夫のポステュマスに娼婦のレッテルを貼られて悲嘆に暮れるイモジェンや、貞節を疑われても弁明できないデズデモーナ、さらに『から騒ぎ』で娼婦の汚名を受けながらも無抵抗のヒアローとは著しく異なる。

ハーマイオニは、レオンティーズの脅しにも怯まず、彼の暴君的なやり方を冷静に非難し、非道な仕打ちにめげない、強く聡明な女性として描かれている。このようなハーマイオニを倒すのは、息子の死の知らせである。アポロの神託による無実の証明がなされ歓喜の声をあげたにもかかわらず、彼女はマミリアス王子の突然の死によって死の淵に追いやられる。

母と娘の絆

ハーマイオニが三幕で「死んで」、五幕で再生したときに、彼女のふたつの像はひとつの糸で結ばれる。その糸は、彼女の強い母性である。『冬物語』では十六年ぶりに再会したレオンティーズとハーマイオニの会話は一言もない。これは『ペリクリーズ』で、死んだと思われていた妻セーザとペリクリーズが十四年ぶりに邂逅し、どこでどうしていたのかを尋ねあい無上の喜びに浸るのと対照的である。また『間違いの喜劇』でも、長年離れていた夫婦は、再会の喜びを果たす。『冬物語』においては、夫婦が感極まって何もいえないという解釈も可能であるし、また下手にセリフをいわせるのは逆効果だということもあるだろう。(11)

しかし筆者は、ここで母と娘の深い絆を強調しようとしているシェイクスピアのもうひとつの狙いをみる。『ペリクリーズ』では、父と娘の感動的な再会の場と、夫と妻の再会の場を別々に描写しているが、『冬物語』では父と娘の再会の場を省き、夫と妻そして娘を一度に登場させ、再生したハーマイオニは娘だけに語りかける。

ポーライナ　　こちらをお向きください、お妃様、
私たちのパーディタが見つかりました。
ハーマイオニ　　天の神々よ、
その聖なる器から私の娘の頭上に
かずかずのお恵みを注ぎください！　わが娘よ、話しておくれ。
どこでいのちを永らえ、どこで暮らしていたのですか？　どのようにして
お父様の宮殿にくることができたのですか！
ポーライナを通じて知ったのですが、神託によって
あなたが生きている希望を与えられ、私はその結果を知りたくて、
いままでこのように生きてきたのです。（五幕三場一二〇―一二八行）

Paul. Turn, good lady,
Our Perdita is found.

Her. You gods, look down
And from your sacred vials pour your graces
Upon my daughter's head! Tell me, mine own,
Where hast thou been preserv'd? where liv'd? how found
Thy father's court? for thou shalt hear that I,
Knowing by Paulina that the oracle
Gave hope thou wast in being, have preserv'd
Myself to see the issue. (V. iii. 120–28)

ポーライナの「私たちのパーディタ」という言葉には、レオンティーズの介入できないハーマイオニとポーライナだけの十六年に及ぶ世界がある。さらに一二一行からのハーマイオニの言葉には、母と娘のふたりだけの世界がある。「私の娘」、「私のもの」（一二三行）という表現は、母がわが娘を確認する言葉となっており、母の万感の思いが込められている。また、「いのちを永らえた（preserv'd）」（一二四行、一二七行）という語は、不運の母が大地のどこかにいる娘の「存在（being）」（一二七行）を確信して、ただひたすら生き永らえていた忍耐心を刻印する。

このハーマイオニと娘の物語には、オヴィッドの『転身物語』にある、豊穣の女神ケレスとその娘プロセルピナの物語のエコーがある。[12] ハーマイオニとケレスは娘を失った母の悲しみという点で、パーディタとプロセルピナ（四幕四場一一六行）は、母親から引き裂かれたという点で共通する。ケレスと同様に、引き裂かれた娘を捜し求めるハーマイオニの母としての情念が、廷臣アンティゴナスの夢を生み出したと解釈できよう。

ポーライナの夫アンティゴナスは、夢で白い服の悲しげな顔をしたハーマイオニらしき女性から、赤ん坊をパーディタと名づけ、ボヘミアの海岸に捨てるように依頼されてそれを実行するが、そのことは後の〈幸福な結末〉につながった。それは、ハーマイオニの母性を強調する超自然的な出来事であるといえよう。『パンドスト』では息子の死のニュースを聞いたベラリアは、実際に息絶えてしまうが、『冬物語』ではハーマイオニは子供ゆえに死んで、もうひとりの子供ゆえに復活する。ここに材源を大幅に変更したシェイクスピアの意図を読み取ることができる。

母を蘇らせるパーディタ

ハーマイオニを蘇生させたのは、レオンティーズの十六年の悔悟ではなく、娘の出現であり、それ以上に娘が母を求め、慕う気持ちであった。ハーマイオニの「彫像」を見ることを熱望したのはパーディタである。パーディタには羊飼いの父はいたが母はおらず、それがなおさらパーディタを父より母に惹きつける。娘は母の最期の状況を父から聞くに及び、母の悲しみを贖うかのように母が流さなかった涙、それも血のような涙を流す（五幕二場八九—九二行）。彼女の流した「血の涙」は、居並ぶものたちの胸にまで血の涙を流させ、石のような冷たい心の持ち主さえも顔色を変えるほどの衝撃を与えた。娘が母を想うこの「血の涙」が、この後に母の「彫像」を血の通うものにするという奇跡を呼び起こすのだ。

　ハーマイオニの像を見たときの娘の反応は、その場の誰よりも鋭敏だ。レオンティーズによれば、母の像を見たパーディタは魂を奪われ、驚きのあまり石と化した（図14）。彼女は「彫像」を一目見て本物と直感し、祝福を乞う（五幕三場四二—四六行）。ハーマイオニの「純潔な乳」（三幕二場一〇〇行）を飲んだ娘には、像を見分ける感性が備わっているのだ。一方、夫のレオンティーズはその像が妻に酷似していると思うが、初めは「冷たく立っている」（五幕三場二六行）としか感じない。

図14　ニコラス・ロウ編の『冬物語』(1709年) 冒頭の挿絵。

ポーライナは、ハーマイオニに石像であることをやめるように語りかける。

ポーライナ
時間です。台からお降りになり、石であることをおやめください。さあ、こちらへ。
皆様を驚かせるのです。こちらへ、いらしてください。
あなたのお墓は私がふさぎましょう。さ、動いて、こちらへ。
無感覚は死にお譲りください、あなたのいのちであるかたが、
あなたを死から取り戻してくださいました。（五幕三場九九—一〇三行）

Paul.
'Tis time; descend; be stone no more; approach;
Strike all that look upon with marvel. Come;
I'll fill your grave up. Stir; nay, come away;
Bequeath to death your numbness; for from him
Dear life redeems you. (V. iii. 99–103)

ポーライナがいう「あなたのいのち（Dear life）」（一〇三行）とは、墓のなかに引きこもり、無感覚な石の心となったハーマイオニに命を吹き込んだ娘パーディタを意味する。ジューリオ・ロマーノが創ったといわれるハーマイオニの「彫像」が表現するものを解読できたのは、長年ハーマイオニを見守ったポーライナではないし、ましてや夫でもない。娘だけが彫刻のなかに封印されていた絶望、悲嘆や苦悩を真に理解しえたのである。パーディタが流した「血の涙」が、母の凍てついた氷のような心を溶かし癒したのだ。しかも、母のケレスによって黄泉の国から半年だけ地上に連れて来られたプロセルピナとは違って、パーディタのほうが母を死の手から取り戻している。一方、レオンティーズはポーライナから歩いてくる像を避けないように、信仰心を呼び起こすようにと注意されるが、このようなレオンティーズと娘の石像に対する反応の相違は、「血のつながり」の力を感じさせる。

『パンドスト』では父が娘と知らずに横恋慕するのに対し、シェイクスピアはそれを避け、他の作品に例を見ないほど母と娘の絆を強くしている。ロマンス劇では一般に父と娘の関係が強調されていると考えられているが、(13)『冬物語』ではそれ以上に母と娘の間に絶ち難い結びつきがある。このようにハーマイオニの再生は、直接には母と娘の求め合う情意によるものである。シェイクスピアは、ハーマイオニを死なせ、もう一度蘇らせるという超自然的な離れ業を、彼女の母性と「母と娘の絆」を強調することで、観客や他の登場人物の違和感を買うことなく、いたって自然なものにしている。

4　ハーマイオニの冬の物語

十六年の忍耐

ハーマイオニが復活したときに、彼女の妻としての役割が浮上してくる。つまりハーマイオニの〈許し〉である。シェイクスピアは復活したハーマイオニに夫への言葉は一言も語らせず、〈恩寵〉と〈慈悲〉の象徴として機能させている。悲劇ではしばしば女性が悲劇の要因になっているが、ロマンス劇では女性が男性を変革し、最後は救済するという重要な役割を与えられており、ロマンス劇の女性の描かれ方にある程度満足するフェミニストもいる(14)。

しかし、男性が女性により救われるという発想そのものが、男性中心の虫のよい考え方であろう。文学作品のなかには、強く勇ましい男性に救出される美しくか弱い女性像や、真理、愛の象徴として機能し男性を救済する聖母マリアまたは聖テレサのような女性像が出てくるが、これらの女性表象は男性中心の考えによって創出されたものである。つまり、このような女性表象は、男性の女性に対する願望の産物であり、幻想にすぎないのだ。

レオンティーズは、『シンベリン』のポステュマスのように、妻や娘を葬ろうとしたことで彼が切り捨てた「女の役割（the woman's part）」の重要性を最終的には認識する。彼が十六年間、毎日、妻の眠る聖堂を訪れたことは、彼の心の旅路、つまり真理探求の旅といえないだろうか。しかし、この真理探求の旅を許されたのは男であるレオンティーズであり、彼の救済のために少なくとも三人の女性（ハーマイオニ、パーディタ、ポーライナ）とマミリアス王子そしてアンティゴナスが多大な犠牲を払わされたのである。復活したハーマイオニが〈慈悲〉の象徴としてレオンティーズを許し、変革し、救済することは、彼にとっては至上の喜びであるが、十六年間舞台から排除されたハーマイオニにとってはそうではない。彼女は十六年間、〈忍耐強いグリセルダ〉のように女性の美徳とされた沈黙と忍耐を強いられた。

ここでレオンティーズが目ざとく見つけた、ハーマイオニの顔の皺について考察してみよう。

レオンティーズ　しかし、ポーライナ、
ハーマイオニはこれほど皺はなかったし、
こんなに歳もとってはいなかったが。（五幕三場二七—二九行）

Leon.

But yet, Paulina,
Hermione was not so much wrinkled, nothing
So aged as this seems. (V. iii. 27–29)

ハーマイオニの皺は、たんに十六年もの歳月の経過を物語るものではなく、彼女が女であるゆえに問題にされるものである。それは彼女が性的には女の盛りを過ぎ、もはや生気溢れる昔の彼女ではないことの証左である。それはまた、レオンティーズが計り知ることのできない彼女の苦悩の軌跡であり、十六年の過酷な冬の物語の表象である。留意すべきことに、レオンティーズの老年を示唆する白い髭や白髪などは一切言及されないのに、女であるハーマイオニの老年の表象だけがさりげなく表出されている。

冬物語とは、元来「たわいもない話」という意味である。マミリアスが母親に語ろうとした「こわい話」とは、従来はレオンティーズの十六年に及ぶ墓参りの懺悔の日々を予告するものと解釈されているが、筆者はマミリアスが母親に直接語っていることからも、むしろハーマイオニの孤独で過酷な十六年を示唆する冬の物語だと考える。

マミリアス　こわいお話が、冬には一番だよ。ぼくは、
こわい妖精や小鬼のお話を知っているよ。
ハーマイオニ　　　　　　　　　　　　じゃあ、そのお話にしましょう。
さあ、いらっしゃい、おすわりなさい、妖精のお話で私を
おどかしてね、おどかすのが上手だから。（二幕一場二五―二八行）

Mam. A sad tale's best for winter. I have one
Of sprites and goblins.
Her. Let's have that, good sir.
Come on, sit down, come on, and do your best
To fright me with your sprites; you're pow'rful at it. (II. i. 25–28)

この会話はレオンティーズが妻の「不貞」を糾弾しにやってくる直前のものであり、また、息子と母の最期の語らいであることを考慮すると、マミリアスはここで母親の十六年にも及ぶ悲劇を「予言」しているのだ。マミリアスが「妖精や小鬼」（二六行）の登場する話をしようとしたときに、レオンティーズがハーマイオニを「おどかすもの」（二八行）として、つまり嫉妬によって額に角を生

やした(一幕二場一一九行)化け物である「寝取られ亭主(cuckold)」として、彼女を投獄しにやって来たのだ。こうして、彼女の悲劇の幕が切って落とされたのである。

人生の終焉

十六年後に見るハーマイオニは劇の始めの生彩を欠き、静かで、寡黙で、母性だけが強調されている。『シンベリン』ではイモジェンとポステュマスのカップルの誤解は解け、子供の誕生を予期させる春を感じさせるのに対し、ハーマイオニの場合は、人生は終焉に近づいており、取り返しのつかない十六年を印象づける。回復不可能な十六年のためにシェイクスピアは何をしたか。彼はハーマイオニの喪失感を補足するためにパーディタを与える。母の石像の前でパーディタが語るように、ハーマイオニは娘が命を得たときに命を落としたのであり、パーディタはハーマイオニの再来である。

パーディタは、若き頃のハーマイオニを思わせるセクシュアリティを肯定的に受け止める新しい女性(四幕四場一〇三行)であり、「母親似の品性」(五幕二場三五—三六行)を付与されている。彼女は、「胎内の囚われの身」(二幕二場五七行)であったが、大自然の法と手続きによって放免され、自由の身となった(五八—五九行)。彼女の自由な精神は、彼女がポリクシニーズ王から受けた侮蔑や脅しにひるむことなく、王を批判する言葉に表現される。

パーディタ
私は、そんなにこわくはなかったわ、一、二度、王様に
はっきりと申しあげそうになりました。
王様の宮殿を照らす太陽は、私たちの
小屋からもその顔を隠すことなく、同じように
照らしてくださっているって。（四幕四場四四二—四六行）

Per.
I was not much afeard; for once or twice
I was about to speak, and tell him plainly
The self-same sun that shines upon his court
Hides not his visage from our cottage, but
Looks on alike. (IV. iv. 442–46)

パーディタは、階級や地位、富を超えて王侯貴族も農民も太陽のもとでは平等であるという、自由な心をもった「新しい女」に属する。レオンティーズの廷臣が語る、パーディタが宗派を開けば、

図15　羊の毛刈り祭で，変装したポリクシニーズに花を手渡すパーディタ。その右はフロリゼル王子。フランシス・ホィートリー，RA画。

誰もがその宗派に鞍替えするだろうという話（五幕一場一〇六―〇九行）や、パーディタがあまりに素晴らしいので、女からも男からも文句なく愛されるだろうという絶賛の言葉は、彼女のもつ並々ならぬカリスマ性を印象づける。また、シェイクスピアは、娘に筆舌に尽くし難い美を与えることで、母の失った若さや美を償った。

さらに、娘の相手としては、マミリアス王子の再来と思われる誠実で決断に富んだフロリゼル王子を登場させる。ふたりの恋人たちの愛は、地位、名誉、富を超える純愛であり、シェイクスピアのカップルのなかで「王子」と「羊飼いの娘」（この時点では、王の娘ということが判明していない)という、最もラディカルで幸せな結びつきである(図15)。シェイクスピアはこのようなお膳立てをして、母の失った家庭の幸福を補わせている。

では、レオンティーズには何ができるのだろうか。「女の役割」を容認したレオンティーズは、やさしい夫、慈悲深い君主になることが期待される。しかし、だからといってシシリアの父権制にはなんの変化も生じない。ハーマイオニに苦悶の年月を与えたからといってレオンティーズとハーマイオニの関係が逆転することはないし、また対等になることもない。ピーター・エリックソンが指摘するように、(15)レオンティーズは劇の最後で妻と娘を従えて、家父長、また君主として父権制を再生、強化するのである。女たちもその不平等を認識しながらも、父権制に取り込まれてしまうのである。

5 ハーマイオニの「非在」

象徴的な像

劇の始めと十六年後のハーマイオニの表象を比較するとき、前半のハーマイオニが生命の躍動する「主体」をもった円熟した女性像であったのに、後半のそれは不透明な遠景化された、象徴的な像であることに気づくであろう。二つの像は前述のように母性という糸で結ばれているとはいえ、この著しく異なった像は我々に心理的不適応をもたらしかねない。この二つの像の隔たりは、何を意味するのであろうか。

最後の場で観客が王妃の存命に感激するのは、レオンティーズを中心に考えれば当然である。しかしハーマイオニの側から見たとき、観客はハーマイオニの受難の数々を想起し、むしろ痛ましい気持ちに駆られるであろう。かつては雄弁であった彼女の〈声〉がなぜ抑圧されねばならなかったのか、「輝く星のような眼をした」(五幕一場六七―六八行) ハーマイオニから、なぜその輝きが奪われなければならなかったのか、なぜ彼女はかくまで忍耐せねばならなかったのか。

マリリン・ウィリアムソンは、父権制にとっては、自己主張の強い、いつでも妊娠可能な若い母より、父が権威を揮える従順な娘のほうが好都合であることを示唆する(16)。また、ヴァレリ・トラウブは、女性の性的な力は男性にとって脅威であり、それを封じるためにハーマイオニやデズデモーナのセクシュアリティがいかに抑制され、「彫像」、「死体」、そして「宝石」に変えられていくかを論じる(17)。ここに父権制の〈からくり〉、〈仕掛け〉が認められる。

穿った見方をすれば、前半の若き〈動〉のハーマイオニは、年老いて〈静〉となるまで登場できなかったことになる。前述のハーマイオニの皺は、彼女が性的な力を封印され、性的に無害となったことの証しでもあるのだ。ハーマイオニの十六年の「非在」に、父権制における女性排除をみることができる。

シェイクスピア劇においては、母親は悲劇、喜劇、歴史劇、ロマンス劇などのジャンルを問わず、「非在」にされやすい。とくにロマンス劇のなかでは、妻であり母である女は「非在」であったり、死んでいたり、悪魔化されていたりする。『ペリクリーズ』のマリーナの母であるセーザは十四年間姿を消され、『シンベリン』のイモジェンの母は「非在」であり、クローテンの母であるシンベリン王妃は悪魔化され、『テンペスト』のミランダの母も、次章で詳述するように「非在」である。このように妻であり母である女性の性的な力は極めて危険なために、排除されるか悪魔化されることが多い。

ポーライナの創造

ハーマイオニを排除したというシェイクスピアへの非難は、彼が材源にはないポーライナを創造したことで緩和されるだろう。ポーライナは、夫との間に比較的幼い娘(十一歳、九歳、五歳)が三人もいるにもかかわらず、妻や母としての役割はほとんど表面に出ない。ハーマイオニとポーライナは、生彩溢れる強い女性であり、豊富な言葉を駆使するなどの類似点をもちながらも、その生き方は異なっている。

ハーマイオニの人生の大半は、夫と子供のためであったが、ポーライナはハーマイオニのためにすべてを、ある意味では夫も子供も犠牲にするほどに投げ打っている。ハーマイオニの女性像は決して弱々しいものではないが、牢に入れられたり、あるいは十六年間「非在」という状況を与えられており、シェイクスピアはハーマイオニの心の「代弁者」(二幕二場三七行)として、強力な人物を登場させる必要があったと思われる。

ポーライナの創造は、シェイクスピアの優れたバランス感覚の表れである。ハーマイオニとポーライナの女同士の強い絆、シスターフッドというべきものは、類をみないほど堅固なものである。『オセロー』の侍女エミリアもデズデモーナのために尽力するが、エミリアの力は彼女の口ほど強くはなく、結局デズデモーナを死なせてしまう。しかしポーライナは前半たったひとりで他の男性の力も借りずに、レオンティーズの「狂気」を諌めようとし、後半は沈黙と忍耐を強いられたハーマイオニの代りにレオンティーズが再婚しないように見守り続けた。

ポーライナは『リア王』の忠臣ケントがリアやコーデリアを助けたように、レオンティーズとハーマイオニを見守り、励まし、導いた。十六年間続いたレオンティーズの贖罪生活は、ポーライナの存在なくしてはありえない。シェイクスピアは、この劇の最大の山場、ハーマイオニ復活の場面の演出をポーライナに委ねた。というのもポーライナ自身がいうように、彫像は彼女のものだからだ(五幕三場五八行)。

ポーライナは夫のアンティゴナスに服従せず、反抗する妻であり、寡黙ではなく饒舌であり、いわゆる「ガミガミ女」的要素をもっている。

レオンティーズ　　　　　　　　　　　ガミガミ女め、
口のへらない女だ。さっきまで夫に食ってかかっていたが、
今度は　おれに嚙みつく！　（二幕三場九一―九三行）

Leon.　　　　　　　　　　　　A callat
Of boundless tongue, who late hath beat her husband,
And now baits me!　(II. iii. 91–93)

夫のみならず、君主である王にまでガミガミと食ってかかる「おしゃべり」な彼女に、レオンティーズは「売春婦」（九一行）や「人の皮をかぶった魔女」（六八行）、「おせっかいな取り持ち女」（六九行）の烙印を押している。ポーライナは王の「狂気」を諫める役を買って出たり、逃亡したポリクシニーズやカミローの代りにハーマイオニを弁護し、男であればハーマイオニの潔白を決闘によって証明するとまで言い放つ勇気ある女性である。王冠は自ずから世継ぎを見いだすという彼女の考え方（五幕一場四六―四七行）には、父権制を超越した人物かと思わせるものがあり、彼女は女性神話をつき崩す存在で、フェミニストたちの言い分を代弁している感じさえする。

ポーライナのような強くたくましい女性が登場する背景には、トマス・ミドルトンとトマス・

デッカー共作の『大声の女』などの作品が登場し、男性的な女性をよしとする風潮が到来していたことが挙げられるかもしれない。また、近代初期イングランドの女性の地位は近隣諸国と比較すると高く、観劇にくる自由な女性も多く、劇作家が女性客の重要性を認識していたことも影響しているであろう。(18)

ロマンス劇は、お伽話的なもの、神話的なものが目立ち、政治性が見えにくいが、やはりその当時のスチュアート朝のイデオロギーに染まっている。シェイクスピアは父権制という堅固な枠組みのなかで、その制約を受けながらも、できる限り女性たちを自由に泳がせた。しかし、自由に飛び立つことは許していない。だからこそシェイクスピアは、ポーライナに劇の最後でカミローと結婚させるのだ。この取ってつけたような結婚をレオンティーズの粋な計らいと取り拍手するのか、それとも違和感を覚えるのか、これがフェミニストであるかどうかのバロメータとなるだろう。

第六章
ミランダの役割
『テンペスト』*The Tempest*

ロマンス劇は父と娘の強い絆を特徴とすると指摘されているが、『テンペスト』における父と娘は、その最たるものといえる。他のロマンス劇の娘たち、たとえば『ペリクリーズ』のマリーナ、『シンベリン』のイモジェン、『冬物語』のパーディタが父親を離れて成長していくのに対して、娘ミランダは片時も父のもとを離れたことはない。娘をナポリの王子と結婚させてミラノ公国回復と娘の幸福を実現させようとする公爵プロスペローは、娘のセクシュアリティと魔術を武器にその途方もないプロジェクトを成功させる。

本章では、そのプロジェクトを父プロスペローと娘の関係を主軸として論じる。また対照的な父娘の関係として、プロスペローの仇敵ナポリ王アロンゾーとその娘クラリベルに言及する。クラリベル以外にもテクストの背後には、陰の三人の女たち、キャリバンの母である「魔女」シコラクス、ミランダの母と祖母(ふたりとも名前はない)がいる。これらの「もの言わぬ女たち」は実際には登場せず〈声〉をもたないが、彼女たちの「非在」の意味も併せて考察する。

1 沈黙のクラリベル

異人種間の結婚

ミランダの結婚を考える前に、まずアロンゾーの娘で、劇には登場せず人々によって語られるクラリベルの結婚を検討しよう。アロンゾー王によって強行された、娘クラリベルとテュニス王の結婚は、典型的な政略結婚である。テュニス王は、スティーヴン・オーゲルによれば、おそらく黒人のイスラム教徒であり[1]、クラリベルは黒人に対する恐れと異文化の地アフリカに対する偏見から、結婚を忌み嫌う気持ちと、親に服従せねばならないとの思いに引き裂かれていた(二幕一場一三〇―一三二行)。しかし結局、父権制の娘として父親の命令に服従し、政略結婚の犠牲者となる。

ピーター・グリーナウェイの映画、「プロスペローの本」においても、白人の王女クラリベルと黒人のテュニス王の政略結婚という構図が鮮烈に描かれていた。この異人種間の結婚にアロンゾーの弟セバスティアンや他の廷臣達は猛反対するが、アロンゾーは強行する。父権制下にあって、クラリベルはこの結婚から逃れる術をもたず、父の手によって「追放される」（一一七行）かのようにアフリカに渡ったのである。

プロスペローの弟アントーニオの「あれほどのお妃を迎えたのは、テュニスでは初めてのことです」（一〇〇行）という言葉や、廷臣エードリアンの「テュニスがあれほどの美しい女を王妃に戴いたことはありません」（七五―七六行）という台詞が示唆するように、テュニスの地がクフリベルほどの白人の娘を王妃として迎えたのは初めてのことであり、「文明国」のナポリが、クフリベルを差し出すことで「未開で野蛮」なテュニスに恩恵を施したといった趣きがある。

テュニスの地は、アロンゾーによれば存命中に二度と会えないほど遠く、アントーニオによればナポリからの便りを一生受け取ることができないほどの遠方である。しかしながら、アロンゾーや廷臣たち一行は、クラリベルの結婚式に国を空けて出席しており、地理的にナポリとテュニスがそれほど離れているわけではない（ナポリからテュニスの距離は約三百マイル）。S・オーゲルは、ナポリから遠いというテュニスまでの距離は、実際の距離ではなく、修辞的ないい方であると指摘しており、(2) それは人種や文化の距離と解釈できよう。クラリベルにとっては、この人種や、習慣・制度の相違を含む文化の距離が、結婚を嫌悪する要因であったと考えられる。

生け贄

アメリカの詩人エイチ・ディ（H. D., Hilda Doolittle, 1886–1961）は、シェイクスピアの数ある女たちのなかで、クラリベルに最大の興味を喚起させられると語る。(3) シェイクスピアの魅力的な女たちにではなく、登場さえしない娘クラリベルに惹かれる理由は、アイデンティティの危機に瀕していた彼女が、自分とクラリベルを同一視するからにほかならない。彼女によれば、クラリベルは父権制社会のなかでの結婚の象徴として存在する。シェイクスピアによって言葉を奪われた彼女は、これまで批評家や研究者からもほとんど注目されることはなかった。エイチ・ディは、クラリベルの声なき声を聞こうとし、彼女に「探求者」としてのアイデンティティを与えようとする。エイチ・ディは彼女の詩のなかで新しいクラリベルを創造し、シェイクスピアのテクストの外でクラリベルに生命を吹き込んでいる。

シェイクスピアのクラリベルの特徴は、姿が見えず、声がなく、アイデンティティが欠如していることにある。アロンゾー王は、跡継ぎの息子ファーディナンドの溺死を確信したときに、初めて二番目の後継者である娘に命じた強制的な結婚を悔いる。しかも、ファーディナンドの生存が確認された後は、父王はもちろん廷臣たちの誰の脳裏からもクラリベルの存在は消し去られ、彼女は再び影の薄い存在として劇の周縁に追いやられる。クラリベルの嘗めた悲嘆と忍耐は、彼女自身によって語られることはない。彼女のセクシュアリティは父にコントロールされており、結婚に際しても他の選択は許されなかった。父王の政治的な戦略から、クラリベルはあたかもチェスの駒のようにイタリアから動かされ、地の果てとも思えるテュニスに捨てられる。

クラリベルの異国の王との結婚は、テュニジア海岸に対するナポリの権力拡大を狙ったものだと考えられる。(4) 異人種間のカップルを扱った『オセロー』において、ヴェニスの元老院議員ブラバンショーは、人種的な偏見や年齢の不釣合いから、娘デズデモーナの願望を無視してまで、黒人の将軍オセローとの結婚に猛反対をする。これとは対照的に、アロンゾー王はクラリベルの絶望的な気持ちを考慮せず、国家のために娘を黒人の王に差し出した。ナポリ王国拡大のために人種も皮膚の色も文化も異なる男との結婚を強制されたクラリベルは、結婚における生け贄を象徴している。

クラリベルと年齢的に近いファーディナンドが、妹の人身御供的な結婚に少しも反対の意を唱えていないことは重要だ。彼は妹の幸福や心の安らぎよりも、王位継承者として王国の発展のために父王を支持したのに相違ない。次期のナポリ王を自認するファーディナンドは、父の跡継ぎとして父の方針に賛同したのであろう。

クラリベルは、結婚に関して「主体」であることは許されず、自分自身では一言も語ることはなく、人々によってのみ語られる。〈沈黙のクラリベル〉の姿は、父権制において息子の地位の高さと娘の地位の低さを如実に物語っている。アロンゾー王が、嵐で息子を失ったと思ったときの悲嘆の大きさと、結婚した娘に二度と会えないと思う悲しみには雲泥の差がある。娘と息子の両方をもっているアロンゾー王は、クラリベルをアフリカに捨てることで、自分と息子、ひいてはナポリという国家の安寧秩序を守ったのである。

2　ミランダの結婚

政略結婚

クラリベルの政略結婚に比較すると、ミランダの結婚は表面的にはロマンティック・ラブが結実した幸せな結婚であるが、実際はクラリベルの結婚同様、父親による政治的な策略の結果にすぎない。

ミラノでは本に没頭するあまり国事をおろそかにし追放の憂き目をみたプロスペローだが、孤島にきてからは実にしたたかな生き方をしている。クラリベルがナポリに戻ることは不可能であるのに対して、プロスペローはミランダの結婚によってミラノ帰還を可能にしようとする。ミランダの結婚はクラリベルのそれよりもさらに手の込んだ政略結婚であり、プロスペローの魔術がそのために駆使される。

アロンゾー王とは異なり、プロスペローは娘の意向を無視するような暴挙には出ない。彼はミランダがファーディナンドを一目見て恋することを予想して（一幕二場四二〇―二一行）、計画を練るのである。彼がミランダとファーディナンドに悟られないように、いたって「自然」な形の出会いと結婚の約束を演出した経緯は、テクストに入念に書き込まれている。プロスペローが、オーケストラの指揮者のように演出していくプロセスを辿ってみよう。

まず、一幕二場でプロスペローは空気の精エアリエルに命じて「甘い調べ」（三九四行）を奏でさせ、難破した人々の群れからファーディナンドだけをミランダのもとに連れてくる。かつてさまざまな女性遍歴をしているファーディナンドをミランダの恋の虜にするために、ふたりの初めての出会いは特別の工夫を要する。プロスペローが命じたエアリエルの天上の音楽は功を奏し、ファーディナンドはミランダを女神と間違えるのである。ミランダもファーディナンドの高潔な姿に打たれ、彼を天上の者とみなす。互いの父親がいわば敵同士の因縁深い間柄であることを知らずに、ふたりは尊敬と驚嘆を分かち合う。

次にプロスペローが仕掛けたのは、ミランダとファーディナンドの激しい恋愛感情に水を差すことである。ファーディナンドを故意に「逆賊」（四六一行）と呼び、意図的にミランダをファーディナンドから引き離すことによって、ふたりの思いを一層燃え立たせる。プロスペローはファーディナンドを拘束し、キャリバンに課していた丸太運びを彼に強制する。お伽話などにも出てくる丸太運びは、ファーディナンドが娘の結婚相手として適切であるかどうかを確かめる試金石である。ミランダは重労働を課せられたファーディナンドを気遣い、彼は奴隷のような仕事を彼女のために耐

図16　魔術を使うプロスペロー。左はミランダとファーディナンド王子。ジョセフ・ライト画。

え忍び、ふたりの絆は一層、堅固なものとなる。ふたりの会話と逢瀬を禁止するプロスペローの策略により、ふたりの恋愛感情は一気に高まっていく。ピラマスとシスビーやロミオとジュリエットの恋の炎が、おのおの親の禁止や敵同士の家柄のために一層燃え上がったように、ミランダとファーディナンドも父親に隠れて恋を成就することに全力を傾ける。

三番目の演出は、プロスペローがふたりの婚約を祝福して催す豪華な仮面劇（四幕一場六〇―一三八行）でなされ、彼の魔術の魅力が遺憾なく発揮される。魔術によって生み出されたジュノー、ケレス、アイリスの三人の女神が、ミランダとファーディナンドの「まことの愛の契り」（一三三行）を祝福する幻想的なスペクタクルは、ファーディナンドに未来の父への畏敬の念を呼び起こし、この結婚が奇跡的で比類のないほど価値あるものだと認識させるのである(一二二―一二四行)(図16)。

注目すべきことは、プロスペローの眼の届かない場面での恋人達の会話や行動は劇中に一場面もないことである。一幕二場で彼らが初めて会う場面、三幕一場で互いに愛を告白する場面、四幕一場でプロスペローが婚約を祝福する箇所、恋人たちがチェスをしている五幕一場、これらの四つの場面でプロスペローは常に彼らの傍らにいるか、陰に隠れて見守っている。しかも求婚の場面でさえ、彼は恋人たちの姿を眺め、会話を立ち聞きしている。

ロミオとジュリエットでは、もちろん彼らのバルコニーの会話は誰からも聞かれることはない。もしそのようなことがあれば情熱的な恋の炎は弱められ、純粋な恋の印象は薄められる。いかに娘を心配する深い気持ちがあっても、恋人同士の会話を立ち聞きする父親は、「女衒」のような不自然さを伴い、恋人たちの純粋性を損なう。

プロスペローは、「ふたりのたぐいまれな魂の出会い」(三幕一場七四―七五行)と娘たちの出会いを絶賛するが、それを企画したのは当のプロスペロー自身であるところにやはり釈然としないものが残る。彼らの反応を凝視するプロスペローの眼は「演出者」のもので、作為が宿る。ミランダの結婚は、このように父親によって巧妙な〈仕掛け〉がなされているにもかかわらず、表面的にはお伽話やロマンティック・ラブ・イデオロギーに染められており、見かけと実体のギャップは大きい。

ミランダの結婚は、プロスペローによって周到にお膳立てされた政略結婚である。アン・クックは、シェイクスピアの多岐にわたる政略結婚は、「便宜上の結びつき」から「互いの愛を高らかに謳う求愛」までにわたることを論じる。[5] 前者の例はクラリベルの結婚といえるし、後者の最たるものはミランダのそれである。マッシュー・グリフィスは、王国間の争いごとの多くは、結婚によって解決されたことを指摘している[6]が、ミランダの結婚もその典型である。

プロスペローは、娘の結婚によって運命の頂点に到達できると暗に語っている。

プロスペロー　……そして私が予知するところでは、
私の運命の頂点はある幸せな星次第であり、
いまその星の力を求めず、
なおざりにするなら、私の運勢は
ただ衰えていくことがあきらかになった。（一幕二場一八〇―八四行）

Pros. . . . and by my prescience

I find my zenith doth depend upon
A most auspicious star, whose influence
If now I court not, but omit, my fortunes
Will ever after droop.　(I. ii. 180–84)

プロスペローによれば、彼の運命の「頂点」は、ミランダとファーディナンドの結婚がもたらすものだ。娘をナポリの王妃に据えることは、「素晴らしい新世界」（五幕一場一八三行）におけるミランダの幸福を保証し、プロスペローがミラノ公国を取り戻すことを意味する。プロスペローが意図した政略結婚は、彼やアロンゾー、アントーニオらの間で起こったこれまでのさまざまな争いを払拭し、平和をもたらす決定的な手段となるのだ。

ファーディナンド

プロスペローが、ミランダの夫に選んだファーディナンドについて考えよう。ナポリの王子ファーディナンドは、過去に好ましく思った女性たちとミランダを次のように比較する。

ファーディナンド　今日まで数多くの女性たちを

好意の眼で見てきました。何回も
女性たちの声の美しさに私の耳は虜になりました。
それぞれの女性をその美点ゆえに
好ましく思ったことがあります。
しかし全身全霊を込めて好きになったことはありません。
何らかの欠点がその女性のもっている最高の美徳と争い、
それを負かしてしまうからです。しかしあなたは、おお、あなたは、
完璧で比類のないかた、あらゆる人間の最上の美点を集めて
つくられています！　(三幕一場三九―四八行)

Fer.　　　　　　　　　　　Full many a lady
I have ey'd with best regard, and many a time
Th' harmony of their tongues hath into bondage
Brought my too diligent ear.　For several virtues
Have I lik'd several women, never any
With so full soul but some defect in her

Did quarrel with the noblest grace she ow'd,
And put it to the foil. But you, O you,
So perfect and so peerless, are created
Of every creature's best. (III. i. 39–48)

多くの女性がファーディナンドの眼を惹きつけ、多くの女性の声が彼の耳を虜にしたこと、また多くの女性をその美徳ゆえに好ましく思ったことを告白するファーディナンドは、愛の経験が豊富ないわゆるドン・ファンな男性と推測され、ミランダの対極に位置している。

ここには、ファーディナンド王子とミランダのジェンダーの非対称性が表れている。たくさんの女の虜となったファーディナンドにとって、父以外には男と呼べる者を見たことがないと語るミランダの白紙的存在は魅力である。他の男性と比較する物差しをもたないことこそ、女の本当の純潔、純白の証明だからである。また、どの女にも何らかの欠点が見いだされて、眼鏡に適う女はこれまで皆無であったというファーディナンドの告白は、ミランダの比類無い完璧さや美点を逆照射するものであるが、一方で、どんな女にも満足しない彼のある種の傲慢さを物語っている。ファーディナンドの積極的な求婚は、ミランダが女の鑑と見えたからこそなされたのである。

ミラノとナポリの関係は、プロスペローの弟がミラノ公爵の地位と引き換えにナポリに年貢を納めているという事実から、ナポリがミラノを支配している。ファーディナンドは、父によって「ナポリとミラノの跡継ぎ」(二幕一場一二一―一二三行)と呼ばれており、ミランダは本物のミラノ公国の跡取り娘ではあるが、階級的にはファーディナンドのほうが上位にある。ファーディナンドの求婚には、階級とジェンダー序列の両方において高位にある彼のほうが、その権力を行使してミランダをナポリの王妃に取り立てるというニュアンスがある(一幕二場四四八―五〇行)。

ミランダは、ファーディナンド王子との結婚でナポリ王妃としての地位を獲得し、階級上昇を果たす。未来の国王という自己の立場を片時も忘れることの無いファーディナンドは、「静かな日々、立派な子孫、すこやかな生涯」(四幕一場二四行)を熱望する極めて保守的な王子である。このファーディナンドと格好のコントラストをなすのは、『冬物語』の王子フロリゼルである。ファーディナンドとフロリゼルは、ほぼ同年齢で王子という同じ階級に属しているが、結婚相手の選択においてのふたりの差異は際立っている。

フロリゼルは「羊飼いの娘」パーディタのために父王を捨て、王子としての身分すら一旦捨てるほどの階級や人種に囚われないラディカルな王子である。一方ファーディナンドは、前述のようにクラリベルの人身御供的な結婚に反対の意を唱えたりはしない王子である。妹の幸せよりも、王位継承者として父王の決断を支持したところにファーディナンドという人物の精神構造の一端が見受けられる。ファーディナンドは、伝統と秩序を重んじる王子であり、父権的、保守的なプロスペローがミランダの夫として求め得る最高の人物であろう。

3 「魔女」シコラクス

魔女のレッテル

近代初期イングランドにおいて、女は「よい女」と「悪い女」の二つのカテゴリーに分類されがちであったが、「よい女」とは貞節、寡黙、従順であり、その対極の淫乱、饒舌、反抗的な女は、「悪い女」というレッテルを貼られることが多々あった。女の価値を決める最も重要な基準は貞節であり、それは女を差別化する物差しであった。ここでは、貞節を絵に描いたようなミランダと対照的な、悪魔と性的関係をもち(一幕二場三一九―二〇行)、私生児キャリバンを産んだ母シコラクスについて考えてみよう。

すでに死亡しているシコラクスは、プロスペローやキャリバンから言及されるのみで、実際には劇に登場しないので〈声〉をもたない。しかし、彼女は「非在」にもかかわらず、プロスペロー以前の島の統治者として、彼に暗い影を落とすインパクトのある存在になっている。S・オーゲルによれば、シコラクス(Sycorax)の姿と名前は、オヴィッドの魔女と関連している。(7) **Sycorax** という名は **'sus'**=**pig**(豚)と **'koraks'**=**raven**(大からす)を合成したものであり、大からすは不幸や死の象徴として、また醜い女の代表としてシェイクスピアの台詞に出てくる。これまで女をふたりしか見たことがないキャリバンは、自分の母とミランダを比較し、美という点でふたりが雲泥の差であると語っている。

シコラクスの死後、孤島の統治者となったプロスペローは、実際には遭遇していない彼女に関する情報をキャリバンとエアリエルから得て、シコラクスの物語の語り手としての役割を担う。プロスペローは彼女を「年齢と悪巧みを積みかさねて輪のように腰の曲がった魔女シコラクス」（二五八―五九行）、また「目に青い隈のできたこの鬼婆（This blue-ey'd hag）」（二六九行）と表現するが、後者の“blue-ey'd”には『魔術の正体』（一五八四年）の作者レジナルド・スコットによる英国の魔女の記述との類似が見られる。[8] シコラクスの目の青い隈とは、まぶたの蒼さを表現し、妊娠の印と解釈されている。

プロスペローは、シコラクスを「魔女」のカテゴリーに入れる。

プロスペロー
　　　　この呪われた魔女シコラクスは、
幾たびもの悪事と人間が聞くも恐ろしい妖術のために、
おまえも知ってのとおり

アルジェリアから追放された。（一幕二場二六三―六六行）

Pros. This damn'd witch Sycorax,
For mischiefs manifold, and sorceries terrible
To enter human hearing, from Argier
Thou know'st was banish'd; (I. ii. 263-66)

プロスペローは、自分の魔術を正当な白魔術とし、一方シコラクスに対しては、黒魔術を使ったために追放された「邪悪な魔女」という烙印を押す。彼は女をそのセクシュアリティのあり方によって、女神／魔女、貞女／娼婦のように両極に分類し、娘ミランダは女神のカテゴリーに入れ、一方シコラクスは等身大の彼女よりも、もっと欲情的で悪魔的な「魔女」に変貌させているのだ。

「魔女」の理由

シコラクスが本当に魔女であったかどうかは、テクストからは判別できない。[9] カレン・ニューマンは、魔女の発見とは、魔女のしるしを読み取り、レッテルを貼るプロセスだと述べているが、プロスペローはまさにシコラクスに魔女というレッテルを貼り付けた張本人なのである。

プロスペローが、シコラクスに魔女の烙印を押す理由を考えてみよう。まず、最初の理由は、シコラクスの性的逸脱である。正統な結婚をせずキャリバンを産んだ彼女は、ミランダが決して陥ってはならない女の否定的なイメージの体現者、女としてあるまじき逸脱した女性表象だ。『ヘンリー六世』の乙女ジャンヌも、性的淫行のかどで、魔女として表象される。女が性的に放縦となれば、男は自分の息子が本当に自分の血を分けた子供であるかどうか分からないので、父権制の継承を脅かすことになる。(10) 従って父権制は、女のセクシュアリティを管理するために常に貞節をもちだし、それを女の最も大切な美徳に仕立てた。

プロスペローも、ミランダが自分の子供であるかどうかを妻に問うたことがある(一幕二場五六―五七行)。彼がファーディナンドに対して、結婚するまでは性的関係をもたないように警告する(四幕一場一五―二三行)のも、シコラクスのように娘が性的に逸脱することを恐れるからだ。

プロスペローがシコラクスを魔女とする第二の理由は、彼がキャリバンからこの島を簒奪したことを隠蔽するためである。元来この島はキャリバンの主張どおり、母から彼に譲渡されたものであった(一幕二場三三一―三三二行)。しかしながら、プロスペローは、弟のアントーニオが彼の公国を簒奪したように、先住民のキャリバンからこの島を奪った(図17)。

最近のポストコロニアル批評によって、プロスペローはかつての全能者、神のような存在、シェイクスピア自身という高い地位から、「簒奪者」という地位に転落させられている。簒奪をする際は、前の統治者の正統性を否認することによってその後継者を否定し、自分自身の行為の正当化を図ることが必要だ。プロスペローは、シコラクスと悪魔との性的関係をもち出して彼女の異端を証明し、この島におけるキャリバンの正統性を否認するのだ。

結局、シコラクスとキャリバンに対するプロスペローの言葉は、皮肉にもプロスペローの植民地主義的、性差別主義的な考えと女性嫌悪を露呈している。キャリバンによるミランダのレイプ未遂事件は、女の鑑のようなミランダを性的に逸脱させる危険性を示している。レイプにより彼女がキャリバンの子供を出産していれば、キャリバン／シコラクスの力がプロスペローのそれに勝ることになり、キャリバンがプロスペローの領域を侵犯することになる。従ってミランダの身体は、何があってもキャリバンに開

図 17　ジョン・ギルグッド演じるプロスペロー(右)とキャリバン。ピーター・ブルック演出，ストラットフォード，1957 年。

かれてはならないのである。

4　ミランダの受けた特殊教育

理想の娘

プロスペローが自画自賛するほど理想的な教育を与えたミランダは、シコラクスと二項対立的な存在である。ミランダは、ファーディナンドからも、多くの男性の批評家や学者たちからも崇拝され、称賛を浴びてきた。しかし、ミランダの有名な人間讃歌、「まあ、なんて素晴らしい！　ここにはなんとたくさんの素敵な人たちがいるのかしら。人間ってなんて美しいのかしら！　素晴らしい新世界！　このような人たちが住んでいるなんて！」（五幕一場一八一―八四行）という言葉は、彼女が若く美しい女というジェンダーであるからこそ価値あるものとされるのであって、もしこれが男の発言であるならば滑稽以外のなにものでもないであろう。

これまでに女性をひとりも知らず、男性と呼べる人も父以外には見たことがない[11]ミランダは、俗世間の悪に染まっておらず、純粋、無垢、天真爛漫でいかにも父権制の箱入り娘という印象を与える。彼女は、嵐で難破した人々の苦しみの姿に心を痛める「やさしい心」（一幕二場一四行）の持ち主である（図18）。ファーディナンドが他の女性と比較してミランダを称賛する表現、「完璧で比類のな

図 18　嵐で難破する船を見て心を痛めるミランダ。ジョン・ウィリアム・ウォーターハウス画，1916 年。

いかた、あらゆる人間の最上の美点を集めてつくられています」(三幕一場四六—四八行)は、彼女が父権制の「理想の娘」であることの証左となろう。

父権制の「理想の娘」は、文学作品においてしばしば白紙に喩えられてきた。父権的なテクストの書き込みを待つ白紙の女たちは、父権的な権威の言説によって沈黙させられ、自分たち自身の物語を語ることができないと指摘されるが[12]、プロスペローは、娘の白紙の過去に物語を与える。彼はミランダのアイデンティティをそれまで何度か語ろうとしながら、時機尚早として沈黙を守ってきた。「暗い過去の淵」(一幕二場五〇行)を思い出せない娘に、プロスペローは島に来る前の彼女の過去、つまりミラノ公爵の娘で由緒正しい世継ぎであるというアイデンティティを与え、彼女の出自を明らかにするのである。

ミランダは、父から過去の「物語」(一三七行、一四〇行)を与えられ、未来へ向かってもまた父によって設計された人生を生きようとしている。彼女は、「話す主体」であることを許されず、操り人形のようにプロスペローの計画通りに眠らされたり、起こされたりする(一八五―八六行、三〇五―〇六行)。プロスペローは作品を創作するアーティストであり、ミランダはその作品にすぎない。このようにミランダの身体には、近代初期イングランドの父権制イデオロギーが書き込まれている。

跡継ぎとしての教育

しかしながら、ミランダは単なる父権制の飾りとしての「理想の娘」ではない。十二年間の孤島での生活のなかで、ミランダは父から多くのことを学んでいる。野性の自然のなかで生活すること、キャリバンのレイプから自分の身を守ること、ミラノやナポリで話される言語や王女に欠くべからざる洗練されたヨーロッパ式の行儀など。チェスの教示もミランダの教育のシラバスに含まれている。なぜなら、このゲームは王侯貴族の遊びであるから、ミランダが当然、熟知すべきものだからである。薪や水を運ぶのは奴隷のキャリバンの仕事であり、ミランダは「王女」としての教育を受けなければならない。

娘の唯一のテューターであったプロスペローは、どんな王女よりも優れた教育をミランダに授けたことを誇る。

プロスペロー
私たちはこの島にたどり着いた。ここで
私はおまえの教師として、どんな王女が受けるよりも
ためになる教育をしてきた。世の王女たちは無駄な遊びの時間を多く費やし、
私ほど思慮深い教師には恵まれてはいないものだ。（一幕二場一七一―七四行）

Pros.
Here in this island we arriv'd, and here
Have I, thy schoolmaster, made thee more profit
Than other princess' can, that have more time
For vainer hours, and tutors not so careful. (I. ii. 171–74)

プロスペローは、彼がミランダに施した教育は、王女に与えられる普通の教育ではないことを強調する。彼が自慢にする、どんな王女よりも優れた教育とは、どのような内容であろうか。筆者は、

その教育はプロスペローの過去の失敗を生かした特殊教育だと考える。かつてプロスペローは、国事を弟に委ね自らは学問に専念して政治に疎くなった。彼は自分が世俗を一切省みず、精神の修養をしていたことで、実の弟の裏切りを誘引した経緯を語る（八九―九三行）。

このプロスペローの述懐から、彼がミラノを追放された直接の原因は、弟の悪い性格のためというより、彼の犯した過ちの結果だということが分かる。秘術の研究に熱中するあまり（七六―七七行）、書斎ひとつが十分な領土だ（一〇九―一一〇行）とするプロスペローの態度は、世間の人々の理解を超えるものであり、責任は彼のほうにあるのだ。プロスペローは、公爵としての職務を放棄していたのである。

プロスペローの得た教訓は、学問だけでは国を治められないこと、公爵たるものは政治に疎遠となることは命取りであること、常に領土への関心を払う必要があることなどであろう。従ってプロスペローは、彼の唯一の後継者である娘を単なる父権制の「理想の娘」、父の意向に従順で純粋無垢な娘として教育するだけでは、不十分だと認識していたであろう。つまり書物から得る抽象的な知識だけではなく、ミランダに利益をもたらすような教育（一七二行）の必要性を実感していたはずである。プロスペローは、領土を奪われ追放された自分の失敗を繰り返させないために、娘を領土と政治に関心を抱く世継ぎとして教育する必要性を痛感していたであろう。

劇終盤におけるファーディナンドとミランダのチェスの場面が、ミランダの教育の成果をもののみごとに表現する。

ミランダ　まあ、あなた、ずるいわ。
ファーディナンド　　　　　　いや、全世界を貰っても、
そんなことはしないよ。
ミランダ　いいえ、あなたが王国を二十も奪いとるなら、
それはきれいな手だといってあげるわ。（五幕一場一七二—七五行）

Mir. Sweet lord, you play me false.
Fer. No, my dearest love,
I would not for the world.
Mir. Yes, for a score of kingdoms you should wrangle,
And I would call it fair play. (V. i. 172–75)

全世界を貰っても「ずる」をしないと正義をかざすファーディナンドに対して、王国獲得のためなら、たとえ「ずる」をしていても否と言い張るだろうとするミランダは、政治的な駆け引きを熟知

している。しかも「ずる」を「きれいな手」と粉飾することは、黒を白とする狡猾ささえうかがえるものであり、王国の略奪を正当化している。ミランダはかつて父との会話のなかで公爵の地位を奪い取った叔父アントーニオの「悪だくみ」(一幕二場六〇行)を批判しているが、驚くべきことに彼女はここでそれを容認しているのである。二十も王国を奪うならば、それはずるい手ではなく「きれいな手」だというミランダの発想は、植民地主義者のものである。そこには数多くの悪を実践することは、善になるという力の論理が働いている。

ミランダの発言は、キャリバンから島を奪いそのことを正当化したプロスペローを内面化したものにほかならない。彼女のなかには、父の野心を実現する実務的、戦略的な思考が埋め込まれている。彼女の言葉は、ファーディナンドとの出会いの時のロマンティックな色合いとは異なり、まるで別人かと思われるほど政治的、策略的な色彩を帯びている。ミランダは表向きには父権制下のか弱い娘に見えるが、政治や領土に関心のある「男性性」をもち、極めて才知に富んでいる。彼女の発言の政治性は、彼女が地中海における領土拡大のために邁進する夫を助け、時にはリードしていく政治に興味のある賢明な妻、王妃となることを示唆するものだ。チェスは貴族階級の恋人たちの遊びでもあるが、また政治的駆け引きのアレゴリーでもある。シェイクスピアはミランダの「理想の娘」としての装いのなかに、巧みにプロスペローの真の跡継ぎとしての「男性的」資質を滑り込ませているのである。

5　娘をもつことの希望と意義

母の「非在」

ミランダの母はこの劇には登場せず、プロスペローはミランダにとって父であり母代りでもあった。プロスペローの妻である女が、死んでいるのか、行方不明なのか、テクストのなかでは一切語られない。プロスペローは、ミランダが自分と妻の間の正統な後継者であることを証明するために、劇中一度だけ妻に言及する。

　プロスペロー　おまえの母は貞節の鑑であった、
その母が、おまえは私の娘だといった。そしておまえの父は
ミラノの大公だった。おまえはそのただひとりの跡継ぎで、
私に劣らない由緒正しい姫なのだ。（一幕二場五六―五九行）

Pros.　Thy mother was a piece of virtue, and
She said thou wast my daughter; and thy father

Was Duke of Milan, and his only heir
And princess no worse issued. (I. ii. 56–59)

かつての妻を貞節とだけ描写するプロスペローの言葉には、妻への感情は表現されず、冷静な機械的な響きがあるだけだ。妻はあくまでもミランダの正統性を証明するためにのみ回想され、それ以外必要のない女とされている。(13)

ミランダも、過去を思うときに母ではなく、付き添いの女官しか思い出せない。彼女は自分の祖母(つまり父方の母)に言及する(一一八―一二〇行)が、ここではあくまでも父の母である祖母との関係を問題としており、生みの母への言及は皆無である。『冬物語』のパーディタが母への思慕を抱き、その思いが母を蘇らせるのとは対照的に、ミランダと実母、つまり娘と母の関係は完全に断絶している。

『テンペスト』においては、ミランダ、ファーディナンド、およびキャリバンの三人の母は「非在」となっている。これら三人の母は奇妙なまでに隠蔽されているが、母の「非在」は、男性による単性生殖を理想とする考えの表れと解釈できるであろう。(14) 父権制下においては、出産も男性の権力の延長線上にあるのである。同じロマンス劇である『シンベリン』と『ペリクリーズ』において、シンベリン王もペリクリーズも、行方不明であった自分の後継者を発見したときに出産のメタファーを使っている。シンベリン王は、自分を三人の子供を出産した母親と同一視して（五幕五場三六八―七〇行）、自分を生命を産み出す母に喩える。ペリクリーズも、出産のメタファーを使用して母親的な表現をする（五幕一場一〇六行、一九五行）。

シンベリン王やペリクリーズ同様に、プロスペローもミラノを追われ小船で漂流した苦しみの期間を出産のメタファーで語る。

プロスペロー　　いや、天使だった。
おまえは私を救ってくれた。おまえはにっこり笑い、
神から力を授かったかのようだった。
私はといえば、塩からい涙で海の水量を増し、
重荷にうめき声をあげるのみであった。
おまえの笑顔を見て重荷に耐えてゆこうとする勇気が湧き、
なにが起ころうと耐える気になったのだ。（一幕二場一五二―五八行）

Pros. O, a cherubin
Thou wast that did preserve me. Thou didst smile,

Infused with a fortitude from heaven,
When I have deck'd the sea with drops full salt,
Under my *burthen groan'd*, which rais'd in me
An undergoing stomach, to *bear* up
Against what should ensue.　(I. ii. 152-58)（イタリックは筆者）

イタリックの箇所"*burthen*""*groan'd*""*bear*"は、いずれも出産のイメージを伴う語である。漂流のさなかに、プロスペローは「母」として、苦闘のうちに三歳の娘を「出産」しているのだ。その娘の天使のような笑顔が、彼に生き抜く勇気を与えている。プロスペローはまさにひとりで娘を産み育て、教育を施し、母役割と父役割の両方を果たしたのである。こうして母を「非在」にすることで、プロスペローと娘はより濃厚で深い絆をもつことになる。

娘しかもたない父

プロスペローにとって、性的再生産能力をもつ娘ミランダがいなければ、その壮大な計画を実現することは不可能であった。彼はミランダに自分の計画を一切打ち明けず、娘が結婚相手を自由に選択したと思わせながら、実はお膳立てをしたコースを取らせる。一部のフェミニストが指摘するように、プロスペローがミラノ公国回復のために、娘のセクシュアリティを利用した事実は否めない[15]。しかも彼は、自分がこの結婚をいかに念入りに準備、操作したかを決して娘に語ることはないであろう。

しかしながら、プロスペローが娘のセクシュアリティを利用したことを強調しすぎると、彼のプロジェクトを真に理解することはできまい。というのも、政治的な彼の姿勢にもかかわらず、彼の計画においては娘の幸福が最優先されているからだ。プロスペローの独白には、一介の父として娘への深い愛情の表出がある。

プロスペロー　なにごともなかったのだ。
すべてはおまえのために、よいと思ってしたこと。
(いとしいおまえ、私の娘である)おまえのためにしたことだ。
おまえは自分がなにものか分かってはいないし、
また私がどこから来たのかも知らない。　（一幕二場一五―一九行）

Pros.　No harm:

I have done nothing, but in care of thee
(Of thee my dear one, thee my daughter), who
Art ignorant of what thou art, nought knowing
Of whence I am, . . . (I. ii. 15–19)

さらにまた、プロスペローは劇の後半で、ファーディナンドに娘を「与える」と語るときに、娘が自分の命の三分の一であり、彼の生きがいそのものであることを告白している(四幕一場二—四行)。息子の父は、結婚に際して息子を「失う」という気持ちにならないが、娘の父は、相手の男性に娘を「与える」ことになるので喪失感を抱かざるをえない。

アロンゾー王は息子ファーディナンドを海で亡くしたと信じて悲嘆に暮れた台詞を吐露しているが、プロスペローとアロンゾーがそれぞれ娘と息子を「失った」悲しみを語る場面を比較してみよう。

アロンゾー　　……そのとき私は
(思い出すだけで、胸が突き刺される)
最愛の息子ファーディナンドを失ったのだ。

プロスペロー　それはお気の毒に思います。
アロンゾー　失ったものは取り戻せません、
忍耐の神も痛手を癒しようがないといっている。
プロスペロー　あなたはまだ忍耐の神の助けを
求めておられないようですが、私はその慈悲によって
あなたと同じような損失に耐える力を授かり、
今は安らかな境地に達しています。
アロンゾー　あなたも、同じ不幸に！
プロスペロー　大きさも同じなら、時も同じです。この痛手に
耐える手だては、私のほうがはるかに弱々しい。
あなたにはまだ慰めようがあるかもしれないが、私は
娘を失ったのです。（五幕一場一三七―四八）

Alon. . . . , where I have lost
(How sharp the point of this remembrance is!)
My dear son Ferdinand.

Pros. I am woe for't, sir.
Alon. Irreparable is the loss, and patience
Says, it is past her cure.
Pros. I rather think
You have not sought her help, of whose soft grace
For the like loss I have her sovereign aid,
And rest myself content.
Alon. You the like loss?
Pros. As great to me as late, and supportable
To make the dear loss, have I means much weaker
Than you may call to comfort you; for I
Have lost my daughter. (V. i. 137–48)

この時点でアロンゾーはファーディナンド王子の生存も、またミランダとの婚約も知らないのであるが、プロスペローはここで、結婚によって娘を「失う」父親の喪失感の深さを物語っているのだ。プロスペローの表現から、彼がミランダとファーディナンドの婚約に際して喜びだけではなく、娘を「失う」という悲しみに耐えていることが分かる。ここには娘しかもたない父プロスペローと、息子と娘をもつ父アロンゾーの違いが浮き彫りにされる。貴重な宝である娘を贈る(四幕一場八行)プロスペローは、父としての深い悲しみを忍耐の神の慈悲によって耐え、今は達観した境地に辿り着いている。

このような台詞から、プロスペローが娘を思う気持ちは本物であることが分かる。文明から切り離された孤島という特殊な環境に置かれたミラノの公爵が、国に帰還するために娘のビクシュアリティを利用しても、その結果が娘と自分の両方の幸福を約束するのであれば、よい解決策といえるのではなかろうか。

跡継ぎを産む娘

アロンゾー父子とプロスペローの弟が孤島の近くを通りかかったのを機に、プロスペローが魔術を使って彼らを呼び寄せ、自分と娘の幸福のために全力を注いだ結果が最後の〈幸福な結末〉である。プロスペローは、アロンゾー王に「奇跡」(五幕一場一七〇行)を見せる。「奇跡」とは、奇跡のような娘ミランダを、またファーディナンドの生存を、あるいはふたりが愛し合い婚約していることを意味する。公国返還の礼として、プロスペローは〈幸福な結末〉を準備する。つまり、娘とアロンゾーの息子の婚約披露と、自分を追放した弟アントーニオやそれに協力したアロンゾーへの許してある。

プロスペローの弟への許しの言葉は二箇所（七八—七九行、一三一—三二行）に及ぶが、それらは一方的なもので、アントーニオから兄への応答は皆無である。ミランダも、初めて会う肉親である叔父と心の通う会話をすることはない。プロスペローは和解をしたつもりでも、弟が沈黙を守り続けていることは、この劇の許しや和解、ひいては〈幸福な結末〉に影を落とすものである。しかし、プロスペローの許しが、ミランダの結婚と公国返還といういわば条件付きのものである以上、完璧な〈幸福な結末〉を望むこと自体が無理だといわねばならないであろう。

かつてプロスペローの命を助けたゴンザーローは、終幕でアロンゾー王たちと和解したプロスペローを未来のナポリ王の祖父として描写する。

ゴンザーロー　ミラノの大公がミラノを追放されたのは、その子孫が
ナポリ王となられるためだったのか。（五幕一場二〇五—〇六行）

Gon.　Was Milan thrust from Milan, that his issue
Should become kings of Naples?　(V. i. 205–06)

ゴンザーローのこの言葉は、プロスペローの悲しみを和らげるための慰めと取れなくもないが、娘が継承者であることを肯定的に捉える言葉とも解釈できる。ルイス・モントローズは、生物学的な母性は明白であるが、父親とその子供の血統の連続性は、目に見える証拠がなく不確かであることを指摘する。(16) つまり、息子の子供は本当の血を分けた子供であるかどうかは分からないが、娘の子供は自分の血統を真に受け継ぐものだ。従って娘をもつことは、息子をもつよりも確実に自分の血統の連続性を保証することになるのである。

ファーディナンドとミランダは、その結婚によってナポリとミラノとを統治する国王と王妃になり、ふたりの後継者であるプロスペローの孫は、ナポリとミラノの両方の覇権者となる立場になる。この孫は、プロスペローの血筋を本当に継承するナポリ王である。これは戦争をせずに、ミラノとナポリを手中に収める最も効率的な策である。父親は娘の結婚によって娘を「失う」が、娘が産む子供は自分の血統を存続させる確実な後継者である。このことに、ミランダの娘としての役割の重要性を認めることができるであろう。

注

第一章

（1） ヒーローとは、英雄、または主人公という意味があるが、本章では両方を指す。

（2） Michael Neill, ed., *Anthony and Cleopatra* (Oxford, New York: Oxford UP, 1994) の Introduction (p. 77) を参照。

（3） Steven Mullaney, "Mourning and Misogyny: *Hamlet*, *The Revenger's Tragedy*, and the Final Progress of Elizabeth I, 1600–1607," *Shakespeare Quarterly*, 45 (1994), 139–62.

（4） Carole Levin, *The Heart and Stomach of a King: Elizabeth I and the Politics of Sex and Power* (Philadelphia: U of Pennsylvania P, 1994) を参照。

（5） 「女性性」、「男性性」と二分化すること自体、フェミニズム批評の立場から問題視されると思うが、論議の進行上、本書では括弧つきでこのような言葉を使用する。

（6） Thomas Laquer, *Making Sex: Body and Gender from the Greeks to Freud* (Cambridge: Harvard UP, 1990), p. 123 によると、アントニーの「女性性」は、女に没頭する余り女らしくなったものとして十六世紀には否定的に捉えられたと考えられる。

（7） ダークな肌のクレオパトラと白人のアントニーという「人種」の問題も、その優劣が曖昧化されているが、ここでは深く立ち入らない。クレオパトラの「人種」、皮膚の色については、Lynda E. Boose, "The Getting of a

Lawful Race," *Women, "Race," and Writing in the Early Modern Period*, eds. Margo Hendricks and Patricia Parker (London and New York: Routledge, 1994), pp. 47–48 を参照。

(8) Janet Adelman, *Suffocating Mothers: Fantasies of Maternal Origin in Shakespeare's Plays, Hamlet to the Tempest* (New York and London: Routledge, 1992), pp. 183–84 において、クレオパトラとアントニーの関係は、エジプトの神々アイシスとオシリスとの関係に類似していることが指摘されている。

(9) Edward W. Said, *Orientalism* (New York: Georges Borchardt Inc., 1978).

(10) Levin, p. 144.

(11) David Bevington, ed., *Antony and Cleopatra* (Cambridge: Cambridge UP, 1990), p. 124 の注を参照。

(12) *Ibid.*, p. 243 の注を参照。

(13) Neill, ed., *Anthony and Cleopatra*, Introduction (p. 65) を参照。

(14) Boose, p. 47.

(15) J. Madison Davis and A. Daniel Frankforter, *The Shakespeare Name Dictionary* (New York and London: Garland Publishing, Inc., 1995) では、エロスの名前を次のように説明している。

Eros: Since love was Antony's weakness, it seems very appropriate, almost allegorical, to have a person so named present at his death.

(16) John Wilders, ed., *Antony and Cleopatra* (London and New York: Routledge, 1995), p. 3.

(17) Neill, ed., *Anthony and Cleopatra*, p. 174 の注を参照。

(18) 若桑みどり『象徴としての女性像』(筑摩書房、二〇〇〇) 三六一—六九頁。

(19) Laura Levine, *Men in Women's Clothing: Anti-theatricality and effeminization 1579–1642* (Cambridge: Cambridge UP, 1994), p. 10.

第11章

(1) Karen Newman, *Fashioning Femininity and English Renaissance Drama* (Chicago: U of Chicago P, 1991), pp. 35–50.

(2) Carol Thomas Neely, *Broken Nuptials in Shakespeare's Plays* (New Haven: Yale UP, 1985), p. 218.

(3) Coppélia Kahn, *Man's Estate: Masculine Identity in Shakespeare* (Berkeley, Los Angeles and London: U of California P, 1981), p. 114.

(4) Newman, pp. 42–48.

(5) *Kath.* "He that is giddy thinks the world turns round":
　I pray you tell me what you meant by that.
Wid. Your husband, being troubled with a shrew,
　Measures my husband's sorrow by his woe:
　And now you know my meaning.
Kath. A very mean meaning.
Wid. 　　　　　　Right, I mean you.
Kath. And I am mean indeed, respecting you. (V. ii. 26–32)

キャタリーナと未亡人は、"mean" という言葉を使って言葉遊びをしながら、辛辣にやりあっている。三二行の "mean" は、アン・トンプソンやハロルド・ジェイムズ・オリバーに従って、「私の振る舞いは、あなたと比較すればおとなしいわ」と解釈する。

Ann Thompson, ed., *The Taming of the Shrew* (Cambridge: Cambridge UP, 1984), p. 147 の注、および H. J. Oliver, ed., *The Taming of the Shrew* (Oxford: Oxford UP, 1984), p. 222 の注を参照。

(6) Lisa Jardin, *Still Harping on Daughters: Women and Drama in the Age of Shakespeare* (Sussex: Harvester P, 1983), p. 121.

（7） Keith Wrightson, *English Society 1580–1680* (London: Hutchinson, 1982), pp. 103–04.
（8） Thompson, ed., *The Taming of the Shrew*, p. 81 の注、および Oliver, ed., *The Taming of the Shrew*, p. 135 の注を参照。
（9） Lawrence Stone, *The Family, Sex, and Marriage in England 1500–1800* (New York and London: Harper & Row, 1979), pp. 181–82.
（10） Wrightson, pp. 90–91.
（11） Stephen Orgel, *Impersonations: The Performance of Gender in Shakespeare's England* (Cambridge: Cambridge UP, 1996). スティーヴン・オーゲル『性を装う』、岩崎宗治・橋本恵訳（名古屋大学出版会、一九九九）。
（12） リュース・イリガライ『ひとつではない女の性』、棚沢直子他訳（勁草書房、一九八七）九二頁。
（13） Newman, p. 47.
（14） *The Taming of a Shrew*, The Malone Society Reprints, Vol. 160 (Oxford: Oxford UP, 1998).

第三章

（1） Carolyn G. Heilbrum, "The Character of Hamlet's Mother," *Shakespeare Quarterly*, 8 (1957), 201–06.
（2） Stephen Orgel, *Impersonations: The Performance of Gender in Shakespeare's England* (Cambridge: Cambridge UP, 1996). スティーヴン・オーゲル『性を装う』、岩崎宗治・橋本恵訳（名古屋大学出版会、一九九九）。
（3） 青山誠子『ルネサンスを書く』（日本図書センター、二〇〇〇）。
（4） 楠明子『英国ルネサンスの女たち』（みすず書房、一九九九）。
（5） Keith Wrightson, *English Society 1580–1680* (London: Hutchinson, 1982), pp. 103–04. キース・ライトソンは、「父権的結婚」と「友愛結婚」を明確に二分化し、この違いを家族の発展の継続的な段階を構成する類型と考えることには異を唱えている。彼の説によれば、夫婦の関係はこの二つの間をたえず揺れ動くものだ。
（6） 高橋康也・河合祥一郎編注『ハムレット』（大修館、二〇〇一）三八八頁。

(7) Janet Adelman, *Suffocating Mothers* (New York and London: Routledge, 1992), pp. 17–19.
(8) *Ibid.*, pp. 11–37.
(9) Elaine Showalter, "Representing Ophelia: Women, Madness, and the Responsibilities of Feminist Criticism," *Shakespeare and the Question of Theory*, eds. Patricia Parker and Geoffrey Hartman (New York and London: Methuen, 1985), pp. 78–79.
(10) Harold Jenkins, ed., *Hamlet* (London: Methuen, 1982), p. 150.
(11) ハムレットとオフィーリアが性的関係をもっていたかどうかに関しては諸説あるが、映画においてはケネス・ブラナー監督・主演の『ハムレット』で、初めてハムレットとオフィーリアの肉体関係が描写された。
(12) Carol Chillington Rutter, *Enter the Body: Women and Representation on Shakespeare's Stage* (London and New York: Routledge, 2001), pp. 27–56.

第四章

(1) 船橋恵子・堤マサエ『母性の社会学』(サイエンス社、一九九二) 一一頁。
(2) E・バタンデール『母性という神話』、鈴木晶訳(筑摩書房、一九九一) 七頁。
(3) 北本正章『子ども観の社会史』(新曜社、一九九三) 一七六頁。
(4) Coppélia Kahn, *Roman Shakespeare* (London and New York: Routledge, 1997), p. 146 では、スパルタの母の逸話が言及される。
ジーン・ベスキー・エルシュテイン『女性と戦争』、小林史子・廣川紀子訳(法政大学出版局、一九九四) 一一〇頁は、ルソーの『エミール』の一説を引用し、スパルタの母を母国への強い愛を抱いた「女性市民」として称賛する。
(5) 若桑みどり『戦争がつくる女性像』(筑摩書房、一九九五) 二五頁。
(6) R. B. Parker, ed., *Coriolanus* (Oxford and New York: Oxford UP, 1994), Introduction, p. 22.

(7) Marianne Novy, "Shakespeare and Emotional Distance in the Elizabethan Family," *Shakespeare and Gender*, eds. Deborah E. Barker and Ivo Kamps (London and New York: Verso Books, 1995), pp. 66-67.
(8) 若桑みどり『象徴としての女性像』(筑摩書房、二〇〇〇)三九〇頁。
(9) Lena Cowen Orlin, "Three Ways to be Invisible in the Renaissance," *Renaissance Culture and the Everyday*, eds. Patricia Fumerton and Simon Hunt (Philadelphia: U of Pennsylvania P, 1999), p. 191.
(10) *Ibid.*, p. 197.
(11) 若桑みどり『戦争がつくる女性像』一〇三頁。
(12) 息子の小マーシャスに対するコリオレイナスの態度は、「私の息子」の代りにヴォラムニアの立場から「あなたの孫」(五幕三場二四行)と表現するなど、父としての感情表出は少なく、父性欠如が指摘できる。
(13) Kahn, p. 150 は、ヴォラムニアの名前の由来を次のように記している。

The word *volumen*, from which Volumnia's name may be derived, means that which is rolled, a coil, whirl, wreath, fold, eddy, or a roll of writing—a book or volume or part on one (Lewis 1890).

(14) 吉澤夏子『女であることの希望』(勁草書房、一九九七)五九頁。

第五章

(1) 「貞節、寡黙、従順」に関しては、楠明子『英国ルネサンスの女たち』(みすず書房、一九九九)を参照のこと。
(2) 同じく、青山誠子『ルネサンスを書く』(日本図書センター、二〇〇〇)を参照のこと。
(3) この時点でポリクシニーズが九ヵ月という長期間滞在していること、ポリクシニーズの妻が不自然にも「非在」であること、ハーマイオニはマミリアスを産んだ後は七年間出産していないにもかかわらずポリクシニーズ滞在の時期に第二子を身ごもり、臨月間近であることなど、レオンティーズの嫉妬を引き起こす要因が潜在している。
(4) 『ヴィーナスとアドーニス』では、アドーニスを支配するヴィーナスが"prisoner"という語を恋の虜として使用している。

(5) Valerie Traub, *Desire and Anxiety: Circulations of Sexuality in Shakespearean Drama* (London and New York: Routledge, 1992), p. 28.

(6) Michael Hattaway, "Fleshing his Will in the Spoil of her Honour: Desire, Misogyny, and the Perils of Chivalry," *Shakespeare Survey*, XXXVI (1994), 128.

(7) Coppélia Kahn, *Man's Estate: Masculine Identity in Shakespeare* (Berkeley, Los Angeles and London: U of California P, 1981), p. 215.

(8) Peter Erickson, *Patriarchal Structures in Shakespeare's Drama* (Berkeley: U of California P, 1985), p. 148.

(9) Valerie Traub, "Gender and Sexuality in Shakespeare," *The Cambridge Companion to Shakespeare*, eds. Margreta de Grazia and Stanley Wells (Cambridge: Cambridge UP, 2001), p. 133.

(10) 『ヘンリー八世』のなかの王妃キャサリンも、涙を流すことを拒否する(二幕四場六九—七三行)。

(11) J. H. P. Pafford, ed., *The Winter's Tale* (London: Methuen and Co. Ltd., 1966), p. lxii.

(12) Carol Thomas Neely, *Broken Nuptials in Shakespeare's Plays* (New Haven and London: Yale UP, 1985), pp. 198–99.

(13) 『冬物語』の父と娘の関係をみると、パーディタはロマンス劇の他の娘たちと同様に、傷心の父を癒す力を与えられている。彼女は父と再会することで後継者のいなかったシシリア王国に跡継ぎをもたらす。揺さぶりを受けていた父権制は、パーディタの出現で一息つく。さらに、パーディタは母を求めて、父の目前で母を蘇らせた。ハーマイオニの復活は、いかにポーライナといえども不可能なことであり、パーディタにだけ可能なことであった。パーディタは、母を蘇らすことで父の精神と肉体を救済するなど、大きな役割を果たした。

(14) Carolyn Ruth Swift Lenz, Gayle Greene and Carol Thomas Neely, eds., *The Woman's Part: Feminst Criticism of Shakespeare* (Urbana: U of Illinois P, 1980), p. 6.

(15) Erickson, p. 163.

(16) Marilyn L. Williamson, *The Patriarchy of Shakespeare's Comedies* (Detroit: Wayne State UP, 1986), p. 152.

(17) Traub, *Desire and Anxiety*, p. 26.

(18) Linda Woodbridge, *Women and the English Renaissance: Literature and the Nature of Womankind, 1540–1620* (Urbana: U of Illinois P, 1986), pp. 250–51.

第六章

(1) Stephen Orgel, "Shakespeare and the Cannibals," *Cannibals, Witches, and Divorce*, ed. Majorie Garber (Baltimore: Johns Hopkins UP, 1987), p. 56.

(2) Stephen Orgel, ed., *The Tempest* (Oxford, New York: Oxford UP, 1987), p. 140 の注釈を参照。

(3) Susan Stanford Friedman, "Remembering Shakespeare Differently: H. D.'s *By Avon River*," *Women's Re-Visions of Shakespeare: On Responses of Dickinson, Woolf, Rich, H. D., George Eliot, and Others*, ed. Marianne Novy (Urbana: U of Illinois P, 1990), pp. 143–60.

(4) Ann Jennalie Cook, *Making a Match: Courtship in Shakespeare and His Society* (Princeton: Princeton UP, 1991), pp. 241–42.

(5) *Ibid.*, pp. 241–42.

(6) *Ibid.*, p. 234. マッシュー・グリフィスは次のように述べている。

"Peace is many times procured between monarchs & princes by marriages, and infinite quarrels & dissentions appeased."

(7) Orgel, ed., *The Tempest*, Introduction, p. 19.

(8) Reginald Scot, *The Discoveries of Witchcraft* (New York: Dover Publications, Inc., 1972), p. 146.

(9) Karen Newman, *Fashioning Femininity and English Renaissance Drama* (Chicago: U of Chicago P, 1991), p. 66.

(10) Phyllis Rackin, *Stages of History. Shakespeare's English Chronicles* (New York: Cornell UP, 1990), p. 160.

(11) ミランダは、男の人と呼べる人は父以外には見たことがない、とファーディナンドに語っており(三幕一場)、キャリバンを男のなかに入れていない。ミランダがキャリバンを「奴隷」、「野蛮」、「獣」と評する箇所(一幕二場三五一—六二行)に、プロスペロー同様の人種差別的、植民地主義的な考えがうかがえる。

(12) Rackin, p. 147.

(13) Orgel, "Shakespeare and the Cannibals," p. 217. S・オーゲルは、プロスペローの妻がミランダの正統性を証明するためにのみ夫によって回想されることを初めて指摘した。

(14) Jonathan Goldberg, *James I and the Politics of Literature: Jonson, Shakespeare, Donne, and Their Contemporaries* (Baltimore: Johns Hopkins UP, 1983), p. 97.

(15) Coppélia Kahn, *Man's Estate: Masculine Identity in Shakespeare* (Berkeley, Los Angeles and London: U of California P, 1981), p. 221.

(16) Louis Adrian Montrose, "'Shaping fantasies': Figurations of Gender and Power in Elizabethan Culture," *Representing the English Renaissance*. ed. Stephen Greenblatt (Berkeley: California UP, 1988), pp. 42-43.

おわりに

本書の出発点となるのは、以下に述べる国際学会とセミナーでの経験である。一九九一年に東京で第五回国際シェイクスピア学会大会が開催され、その後の日本におけるシェイクスピア研究に多大な影響を及ぼした。筆者にとって最も興味深かったのは、スティーヴン・マレイニーとピーター・ストリブラスが司会した「身体—階級とジェンダーの差別化の場」というセミナーであった。このセミナーには、フェミニストのパトリシア・パーカーも参加しており、女性研究者たちの活発な議論は印象深いものであった。女性の身体部分を表すきわどい言葉が堂々と飛び交い、日本人研究者は女性も男性も少々、当惑するほどであった。

そのころの日本は、まだ筆者を含めて一握りの女性がフェミニズム批評を行っているという状況で、フェミニズム批評に理解があり、司会までしている著名な男性研究者の存在は、筆者には驚きであった。このセミナーの終り頃に、欧米のフェミニストから、アジアの女性研究者の不在を問題視する発言があった。とくに日本で開催された国際学会で、日本の女性研究者を交えずに議論していることに関して、人種を横断しての話し合いをもつべきだとする白人の在日外国人研究者の主張は、納得のいくものであった。

この国際学会に触発されたかのように、翌年の一九九二年、日本シェイクスピア協会主催で英語の公開セミナーが開催された。楠明子氏をリーダーとした、「英国ルネサンス期の演劇における女性とセクシュアリティ」という表題のセミナーである。このセミナーは、日本で初めてシェイクスピアをフェミニズム的視点から解釈したものであった。セミナーメンバーは、英国のシェイクスピア学者二名(グレアム・ブラッドショーとマリアン・ウィン゠デイヴィス)に、日本人のシェイクスピア研究者など八名が加わり、女性六名、男性四名という内訳であった。

筆者もそのメンバーのひとりとして出席していたのだが、セミナー終了後のパーティで、当時のシェイクスピア協会の会長、故高橋康也先生が、「今日のセミナーを私の先生が聞かれたら、ショックのあまり卒倒されたでしょう」というコメントをされ、一同大爆笑した。このエピソードは、当時の日本の学会の風土で、このセミナーがいかにラディカルで画期的なものであったかを物語っている。セクシュアリティとかセックスなどという性に関する言葉が飛び交うのが、日本ではまだまだめずらしい頃のことだ。

それから十数年たった現在、日本のシェイクスピアに対するフェミニズム／ジェンダー批評のセミナーや発表は年々増え、現在はすっかり定着している。若い女性のみならず、男性たちも多く参加しており、すっかり様変わりした感がある。多様化したフェミニズム／ジェンダー批評のなかで、筆者がどのような位置にあるかを簡単に述べておきたい。

第一世代のフェミニストのキャロル・トマス・ニーリーは、時間も場所も超越する普遍的な「女性性」を認め、性差を本質主義的に捉える。それと対立するのが、性差はつくられるとする構築主義の立場である。たとえば文化唯物論者のキャサリン・マクラスキーは、『リア王』のよい娘も悪い娘も、近代初期イングランドの父権制によってつくられた女性表象であって、ジェンダーが社会的、文化的、歴史的に構築されることを指摘する。つまり、「女性性」の本質が時代や文化を超えて存在するのではなく、ジェンダーはつくられていくという立場である。筆者の立場は、簡単にいってしまえば、マクラスキーとニーリーの中間に位置している。

たとえば本書で俎上に載せている母性に関していえば、『冬物語』のなかのハーマイオニの母性は、本質的な解釈を帯びている。筆者は、母性の構築性を認めているにもかかわらず、母であることの本質的なものを完全に否定することができないでいる。このことは、学問的にジェンダーの切れ味の凄さを知りながら、一方では現実の生活のなかで母、妻の「役割」を完全に払拭することの「正しさ」に必ずしも得心していないことから派生するものであろう。この問題は、簡単に白、黒をつけることができないと筆者は考えており、それが筆者の立場である。

シェイクスピアは、単に四百年前のイギリスの劇作家ではなく、今日、日本においても世界においても文化的・社会的な現象を引き起こし続けている。シェイクスピアは偉大なキャノン(正典)という枠にとどまらず、今日の社会と相互関係をもちながら生き続けている。たとえば、シェイクスピアが今日の男女共同参画社会にぴったりの女性、女王クレオパトラや『十二夜』の女伯爵オリヴィアを描いているのは、大変興味深いことだ。二十一世紀となった今日、拙著が新しい読みの一助になればと思う。

最後になったが、本書の原型である博士論文提出に際して、九州大学大学院名誉教授園井英秀先生には懇切なご指導を賜り、また鵜飼信光先生はじめ審査員の方々には大変にお世話になったことを記し、謝意を表したい。また、九州シェイクスピア研究会のメンバーの方たち、とくに柴田稔彦先生、徳見道夫先生、太田一昭先生には長年いろいろな面でご指導やアドバイスを賜った。このようなよき先輩や仲間に恵まれたことは、まことにありがたく幸せなことであった。

上梓にあたっては、九州大学出版会の藤木雅幸・尾石理恵の両氏に出版計画の段階からいろいろとお世話になった。心からお礼を申し上げる。また、出版を思い立って十年近く経つという、スローライフを地で行く筆者を励ましサポートしてくれた夫と子供たちに感謝したい。

二〇〇五年　八月

朱雀　成子

索　引（五十音順）

1. 「人名・作品名」と「事項」に分けた。
2. 注は除いた。
3. ⇨…は，…を参照せよを表す。
4. ＝は，同義を表す。

I.　人名・作品名

あ行

か行

さ行

た行

な行

は行

ま行

ら行

わ行

II. 事　項

た行

な行

は行

ま行

や行

ら行

わ行

図版出典一覧

図1　愛の女神ヴィーナスと軍神マーズ。ヴェロネーゼ (1528–88年) 画。Michael Neill, ed., *Anthony and Cleopatra* (Oxford and New York: Oxford UP, 1994), Introduction, p. 117.

図2　ドルリー・レイン劇場で上演されたフレデリック・チャタートン演出の『アントニーとクレオパトラ』, 1873年。John Wilders, ed., *Antony and Cleopatra* (London and New York: Routledge, 1995), p. 19.

図3　ペギー・アッシュクロフトが演じるクレオパトラ自殺の場面。シェイクスピア記念劇場, 1953年。Michael Neill, ed., *Anthony and Cleopatra* (Oxford and New York: Oxford UP, 1994), Introduction, p. 50.

図4　『じゃじゃ馬馴らし』の最終場面。ジョン・バートン演出, ロイヤル・シェイクスピア劇場, 1960年。Jonathan Bate and Russell Jackson, *The Oxford Illustrated History of Shakespeare on Stage* (Oxford: Oxford UP, 2001), p. 163.

図5　披露宴の出席を断り，強引にキャタリーナを連れ出すペトルーチオ。フランシス・ホィートリー, RA画。ジョン・ボイデル編, 小田島雄志著『シェイクスピア・ギャラリー』社会思想社, 1992年, 101頁。

図6　序幕で，鋳掛け屋スライをからかう領主とその従者たち。ロバート・スマーク, RA画。ジョン・ボイデル編, 小田島雄志著『シェイクスピア・ギャラリー』社会思想社, 1992年, 99頁。

図7　ジョン・ギルグッドのハムレットとローラ・カウイのガートルード, 1934年。Jonathan Bate and Russell Jackson, *The Oxford Illustrated History of Shakespeare on Stage* (Oxford: Oxford UP, 2001), p. 147.

図8　「オフィーリア」, ジョン・エヴァレット・ミレイ画, 1851–52年。Jan Marsh, *Pre-Raphaelite Women* (London: Weidenfeld and Nicolson, 1987), pp. 136–37.

図9　「ナーイアス」，ジョン・ウィリアム・ウォーターハウス画，1893年。Peter Trippi, ed., *J. W. Waterhouse* (London: Phaidon Press Limited, 2002), p. 127.

図10　母や妻たちの懇願の場面。ニコラス・ロウ編『コリオレイナス』(1709年) 冒頭の挿絵。Stephen Orgel, *Imagining Shakespeare: A History of Texts and Visions* (New York: Palgrave Macmillan, 2003), p. 52.

図11　ヴォラムニア(左)とヴァージリア。ジョルジオ・ストレーラ演出，1957–58年。R. B. Parker, ed., *Coriolanus* (Oxford and New York: Oxford UP, 1994), Introduction, p. 44.

図12　「グラッチ家の女性たち」，ピーター・ファーニアス画，1573年。ヤン・ヴァン・デル・シュトレート著『著名なローマの女性たち』の挿絵。Lee Bliss, ed., *Coriolanus* (Cambridge: Cambridge UP, 2000), Introduction, p. 57.

図13　チャールズ・キーン夫人(エレン・ツリー)のハーマイオニ。C. R. レスリー画，1856年。Stephen Orgel, *Imagining Shakespeare: A History of Texts and Visions* (New York: Palgrave Macmillan, 2003), p. 134.

図14　ニコラス・ロウ編『冬物語』(1709年) 冒頭の挿絵。Stephen Orgel, *Imagining Shakespeare: A History of Texts and Visions* (New York: Palgrave Macmillan, 2003), p. 128.

図15　羊の毛刈り祭で，変装したポリクシニーズに花を手渡すパーディタ。フランシス・ホィートリー，RA画。ジョン・ボイデル編，小田島雄志著『シェイクスピア・ギャラリー』社会思想社，1992年，113頁。

図16　ミランダとファーディナンドの前で魔術を披露するプロスペロー。ジョセフ・ライト画。ジョン・ボイデル編，小田島雄志著『シェイクスピア・ギャラリー』社会思想社，1992年，21頁。

図17　ジョン・ギルグッド演じるプロスペローとキャリバン。ピーター・ブルック演出，ストラットフォード，1957年。Stephen Orgel, ed., *The Tempest* (Oxford and New York: Oxford UP, 1987), Introduction, p. 82.

図18　嵐で難破する船を見て心を痛めるミランダ。ジョン・ウィリアム・ウォーターハウス画，1916年。Peter Trippi, ed., *J. W.*

Waterhouse (London: Phaidon Press Limited, 2002), pp. 220–21.

著者略歴

朱雀　成子（すじゃく　しげこ）

1945 年生まれ。九州大学 文学部卒業，大学院修士課程修了，博士（文学）。梅光学院大学教授を経て，現在，佐賀大学文化教育学部教授。

主な著作（共著）:「ハーマイオニの変貌—シェイクスピアをジェンダーで読む」,『シェイクスピアを読み直す』（柴田稔彦編，研究社，2001 年）;「ハムレットの母と恋人」,『ハムレット』（青山誠子編，ミネルヴァ書房，2006 年）他

愛《あい》と性《せい》の政治学《せいじがく》
——シェイクスピアをジェンダーで読む——

2006 年 3 月 15 日　初版発行

著　者　朱　雀　成　子
発行者　谷　　隆　一　郎
発行所　（財）九州大学出版会
〒812-0053　福岡市東区箱崎 7-1-146
九州大学構内
電話　092-641-0515　（直通）
振替　01710-6-3677
印刷・製本　研究社印刷株式会社

ISBN 4-87378-903-6